中学语文名著整本书阅读

吴欣歆 主编

艾青诗选

人民文学出版社

图书在版编目（CIP）数据

艾青诗选 / 艾青著 . -- 北京 ：人民文学出版社，2024 . --（中学语文名著整本书阅读 / 吴欣歆主编）.

ISBN 978－7－02－018743－0

Ⅰ. I227

中国国家版本馆 CIP 数据核字第 2024 JV 3204 号

责任编辑 季金萍
装帧设计 黄云香
责任印制 王重艺

出版发行 人民文学出版社
社　　址 北京市朝内大街166号
邮政编码 100705

印　　刷 旭辉印务（天津）有限公司
经　　销 全国新华书店等

字　　数 165千字
开　　本 710毫米×1000毫米 1/16
印　　张 28
印　　数 1—10000
版　　次 2024年7月北京第1版
印　　次 2024年7月第1次印刷

书　　号 978-7-02-018743-0
定　　价 39.00元

如有印装质量问题，请与本社图书销售中心调换。电话：010－65233595

出版说明

阅读是提升核心素养的基础和关键，是语文教学的“牛鼻子”。对青少年读者来说，在中学时期多阅读一些优秀的经典名著，不仅能获取知识、开阔视野，更有助于塑造健全人格、培养批判性思维、提高表达能力和写作能力。教育部制定的《义务教育语文课程标准》和《普通高中语文课程标准》，均对中学生课内外阅读做了部署安排。统编语文教材也鼓励学生多读，尤其是阅读整本书，学习不同类型书籍的阅读方法。

经典名著整本书阅读，是语文教育和教学中的重点，也是难点。如何让孩子们爱上整本书阅读，养成良好的阅读习惯？如何促进他们深度阅读，读有所得？针对这一系列问题与需求，我们充分发挥自身优势，联合知名专家团队，策划了这套“中学语文名著整本书阅读”丛书。

丛书特邀义务教育和普通高中语文课标修订组成员、著名整本书阅读研究专家吴欣歆教授担纲主编，来自全国各地的资深教研员及一线名师共同参与编写。

丛书坚持问题导向，以“做一套孩子们真正喜欢的名著”为宗旨，有如下几个特点：

一、选目方面，以统编语文教材建议进行整本书阅读的名著名作为主，适当补入部分其他经典作品，希望能以点带面，让孩子们通过对这些图书的阅读，积累整本书阅读的经验，进而带动其他名著名作的阅读。

二、版本方面，以我社经多年沉淀、打磨而成的优质版本为底本，为孩子们的阅读提供良好保障。

三、严格保证作品内容的完整性和结构的连续性，既不随意删改作品内容，也不破坏作品结构，给孩子们流畅的阅读体验。

四、增加专家团队提纲挈领、言简意赅的整本书阅读设计，用“平视”的角度、对话的方式，给孩子们的阅读提供必要引领和支持。这些助读文字分置于卷首、卷尾，文中则以插页形式呈现。卷首语讲述鲜活的阅读体验，重在引发阅读兴趣与情感共鸣，隐含阅读方法的指导；文中插页大致分为形象、情节、主题、写法四类（非小说类作品根据作品具体情况另有所调整），以深浅不同颜色体现，重在提供话题、资源、阅读支架，提炼阅读的重点难点，既是点拨，更重参与、对话。卷尾语以“重读关键词”形式出现，涉及阅读方法、思考角度、思维方式、探究深度等，既是自我评价的要点，也是阅读发展的方向，为学生提供“上一个台阶”的概念支架。

五、读书是一件美事，丛书整体形态上充分考虑了孩子们的审美趣味，厚重打底外，力争彰显青春与活力，希望美的装帧能与美的思想、美的文字一起陪伴孩子们成长。

这套书是对近些年语文教育和阅读教学方面新理念、新趋势的一次新尝试，希望能为广大师生、家长所喜爱。

人民文学出版社编辑部

2024年6月

“中学语文名著整本书阅读”
编委会

目 录

四十年代

同学们，你们好！

翻看着《艾青诗选》的目录，“黎明”“大堰河”“太阳”“铁窗”“小黑手”“土地”“火把”“珠贝”“鱼化石”“浪”…… 各种具体、鲜活的物象映入我的眼帘，它们组织、拼合、交融在一起，有着黎明的曙光、土地的芬芳、火把的流焰、化石的纹路、海浪的声响。我想，这定然是一本讴歌自然与生活的田园牧歌式的诗集。

然而，当我轻声吟咏着一首首诗篇的时候，却在上个世纪三四十年代灿烂的阳光里发现了暗的云、暗的风沙，在洁白的雪盖下发现了刺骨的寒冷、遍地的墓茔，在色彩明丽的旷野中发现了饥饿的流民、土色的忧郁。绝少小儿女的悲悲切切，更多的是大时代的沉郁诉说——一如课本上的《假如我是一只鸟》。为什么艾青的眼里常含泪水？他到底经历了什么，感受到了什么？

于是，我沿着年代的轨迹重新翻检着诗篇，从长长短短的句子里，从纷纷繁繁的物象里，去看诗人所看到的，去听诗人所诉说的。由巴黎到马赛的路上，在苏伊士河上，异国的黎明披上了白衣，他乡的阳光嬉笑地射在沙漠的远处，诗人的心啊，却是暗的！他一定想到了自己遍体鳞伤的家乡！家乡有深爱着他的保姆“大堰河”，这位长着泥黑色脸颜、连名字也没有一个的旧时代的农妇，早已伴同着生活的凌侮和奴隶的凄苦含泪躺在草盖的坟墓里了。在上海的巡捕房里，他多么想再真真切切地喊她一声“妈”！在国民党监狱黑黝黝的铁窗下，诗人用从欧罗巴带回的芦笛深情呼唤着海洋的波，呼唤着奔流的朝霞、绯色的霓彩、东海的云，呼唤着比盼望更远的天边的一盏灯，用这些呼唤向那黑暗寒冷、阴郁可怖的世界吹响了毁灭的诅咒的歌。奔走在抗战时期的大地上，诗人看到了中国像雪夜一般冰冷漫长的苦痛与灾难，听到了手推车彻响着的北国人民的悲哀。他将自己的痛苦、愤怒、悲悯化成一声声战鼓的呐喊，槌出太阳的光芒，擂响火焰的歌唱，爆开新生的希望，去复活那曾经死了的大地！徜徉在五十年代明朗的天空下，诗人喜欢在彩色纸条上写诗，含着微笑，看着天边的启明星和脚下的小蓝花。七十年代，归来之后进入暮年的诗人依然在沉思，他用鱼化石、伞、酒、镜子、盆景、回声这些意象来凝练人生智慧，表达对生命的感喟；而对光的热情追求，对光的虔诚赞美，献身于光的壮烈行动，仍旧是他诗歌中永恒不变的主题。

在诗中，我从一幅幅波澜壮阔的时代画卷里看到了熟悉的身影。看到“大堰河”把“我”画的大红大绿的关云长贴在灶边的墙上，忽然就记起了母亲将我的奖状贴在墙上时那抹盈盈的笑；看到几千万的“地之子”，从山坡到山坡，从田原到田原，寻找着一根草、一片树叶，忽然就理解了家里的长辈们对一粒米的珍视；看到在煤油灯下演说的人站在台上举起的有力的拳头，忽然就想到了国庆节街巷里挂起的大大小小的红旗与今天生活的来之不易。生活中那无数的鲜活的形体、无数的光与色彩的变化、无数的坚硬与柔软、无数的温暖与寒冷、无数的愉快与不愉快的感觉，不也能触发起我们用诗笔记录生命、歌唱时代的激情吗？诗歌，从未远离过我们！

诗人牛汉说：“在中国新诗发展的历史当中，艾青是个大形象。”艾青的诗歌经营的不是小感觉，而是大感觉；抒发的不是一己的悲欢，而是大时代的诗情。用新诗抒发大时代诗情的时候，他注重的不是概念的堆砌和口号的重复，而是意象世界的营造；追求的不是诗行的整饬和韵脚的和谐，而是自由舒卷的散文化的口语。读这本书，同学们要扣住“时代”和“诗情”这两个关键词，围绕“土地”“太阳”等核心意象，在朗读中探究意象组合、分行断句、节奏韵律等方面的奥秘，体味作者在不同时期和不同地点的情绪、情感与情怀，领略“艾青体”诗歌的特点和魅力。

此外，我们还可以采用写同题诗的方式来抒发我们自己的情感，拥抱、歌唱属于我们的时代。也许，在不久的将来，我们也能像艾青一样，成为大时代的歌者！

导 读

艾青，是对现代汉语诗歌写作有着突出贡献的大诗人。学界总是将他卓越的诗歌创作成就，视为中国现代诗歌史上的一个标杆。

艾青，1910年出生于浙江金华傅村镇畈田蒋村。1910年还有一个年号纪年方式，在当时的中国比公元纪年更通行：宣统二年。再过一年，1911年，也就是艾青一岁过半的时候，辛亥革命爆发了，大清王朝，以及这片土地上的千年帝制，也走到了尽头。

艾青原名蒋正涵，字养源，号海澄。1932年以前，艾青一直以号为名，因此许多记载皆以蒋海澄为其本名。艾青一生，除“艾青”外，另有笔名莪伽、克阿、鹿文、纳雍、林壁等。

艾青因为出生时母亲难产，被认作“克父母”，所以一到四岁的时候，被寄养在当地贫苦农妇“大堰河”家。

读中学时，国民革命军北伐路过金华，受进步思潮感染，艾青想去投考黄埔军校，因为父亲反对，致使愿望落空。

1928年考入国立西湖艺术院大学部绘画系。该校即后来著名的国立杭州艺术专科学校（1929年奉教育部命更名），浙江美术学院的前身，现在的名字是中国美术学院。1929年，受校长、著名画家林风眠的鼓励，艾青赴法国勤工俭学，主攻绘画。这时的欧洲，正处于一、二次世界大战之间，现代派文学艺术，从观念到形式，都在强力冲击传统的艺术形式与样板，其情景可谓是激动人心，风光无限。学画之余，艾青接触到了文学。有记载显示，当时的艾青，阅读了陀思妥耶夫斯基、果戈理等俄苏小说家的作品；阅读并购买的诗集有勃洛克《十二个》、马雅可夫斯基《穿裤子的云》、叶赛宁《一个无赖汉的忏悔》，以及《法国现代诗选》等。同时，艾青开始尝试着写诗，在画画的速写本里，记录一些偶然闪过脑际的句子。回顾这段生活，艾青曾多次提及象征主义文学的代表人物之一、比利时诗人凡尔哈伦作品对自己的影响："凡尔哈仑（伦）是我所热爱的。他的诗，辉耀着对于近代的社会的丰富的知识，和一个近代人的明澈的理智与比一切时代更强烈更复杂的情感。"

1932年1月，艾青参加世界反帝大同盟东方支部在巴黎的集会，并写诗《会合——东方部的会合》表述会议的情景和自己的感受。这首诗发表于同年7月的《北斗》杂志第二卷第三、四期合刊上。这应该是艾青作为诗人发表的第一首诗。

1932年初，艾青回国，在上海加入左翼美术家联盟，投身进步的文艺活动。之后，也是7月，他被上海法租界警务处逮捕，并以"共产党扰乱地方治安"的罪名，移送当时的江苏高等法院第三分院。入监第二年，即1933年，艾青写下了著名诗篇《大堰河——我的保姆》，作品由律师沈钧儒带出监狱，1934年发表于《春光》杂志第一卷第三期上。

1935年，艾青出狱。1936年11月，出版了第一本诗集《大堰河》。茅盾、胡风等人撰写文章，向读者力推这本诗集。

1937年7月7日，抗日战争全面爆发，或许是已有预感，前一天，艾青在沪杭路上写下重要诗篇《复活的土地》。10月，在杭州创作泥塑《迎击》。12月，在武汉，创作了又一篇著名的长诗《雪落在中国的土地上》。1938年初，他从武汉到山西临汾，一路上写了《手推车》《乞丐》等短诗和长诗《北方》。4月，政治抒情诗《向太阳》在武汉脱稿。武汉沦陷，艾青和一批文艺界救亡工作人员，千辛万苦，辗转到了大后方桂林。11月写诗《我爱这土地》。

1939年秋至1940年春，艾青在湖南新宁衡山乡村师范教了多半年书，写了一些短诗和长诗《火把》。

1941年，从重庆奔赴延安，担任《诗刊》主编。

1942年3月，艾青在延安《解放日报·文艺》上发表《了解作家，尊重作家》一文，指出“作家的工作是保卫人类精神的健康”。研究者认为:“这是一篇呼吁书，也可以看作是个人声明。”

1942年5月，参加延安文艺座谈会并发言。

抗日战争胜利后，艾青成为华北联合大学文艺学院副院长。在担任行政职务的这段时间里，他把大部分精力放在了联大的工作上，写诗较少。

中华人民共和国成立后，艾青担任全国文联委员、《人民文学》杂志副主编等职。创作诗歌，依然是艾青此时生活的主要部分。

1957年底，艾青被开除党籍，1958年4月，被错划为“右派”。在一位将军的帮助下，他在北大荒的国营农场生活了一年半，接着又调到新疆生产建设兵团锻炼。“文革”中受到冲击，许多珍贵诗稿、文稿、信件、照片被毁或流失。他在诗坛沉默了二十一年。

1976年10月，“四人帮”被粉碎，艾青精神振奋，决定重返诗坛。他开始重新写诗，陆续发表了《鱼化石》《光的赞歌》等一批脍炙人口的作品。他再现诗坛后创作的诗歌在1980年结集为《归来的歌》。

1978年，艾青听说一个同样从灾难中走过来的知名诗人作家，因为反右时“充当过打手”不好意思去看他，立刻托人转告这位诗人作家：过去的事都忘了吧。

1985年2月11日，艾青在《人民日报》第七版发表文章《我的经历平淡无奇——答塞内加尔塞杜·恩迪亚耶先生》。文章说："我从1957年到1979年的个人经历曾经有不少人写过文章，有的是确实的，也有过分渲染的。""有人劝我写回忆录，我一直在犹豫，有什么值得写呢？我既不是身经百战的将军，也不是倾城倾国的明星。我的经历既没有悲剧色彩，也没有戏剧成分。谁爱看平淡无奇的东西呢？"

1996年，这位伟大诗人与世长辞，享年八十六岁。

上述文字，通过跳跃式的、零散的事件和相关史料的罗列，意图使青少年读者了解艾青人生经历及性格性情的大致轮廓，了解其诗歌何以关注现实、关注时代以及社会，何以具备如此深挚的苦痛意识、如此浓郁的情感，以及他是怎样围绕这意识、情感建立起抒发形式的；了解其何以在文学创作深受约束的时期，也尽可能地坚持自己的表述方式——哪怕是一点点。没有谈及具体作品，似乎不像一篇导读文章。但我坚持认为，阅读一位作家毕生作品的选集，最好的导读方式就是尽可能直观一点地介绍作者。而具体作品的分析，很容易扼杀读者的个体感受，诗歌尤其如此。

这里特别要插叙一件事情，就是抗战时期，艾青敏锐感觉到当时的抗战诗歌，过于浮泛，曾经和诗人戴望舒通信，讨论这个问题。两人还决定筹办一个诗刊，此即1939年6月创刊的《顶点》月刊。在该刊的"编后杂记"中，诗人写道："《顶点》是一个抗战时期的刊物。它不能离开抗战，而应该成为抗战的一种力量。为此之故，我们不拟发表和我们所生活着的向前迈进的时代违离的作品。但同时我们也得声明，我们所说不离开抗战的作品并不是狭义的战争诗。""《顶点》的鸿愿是：从现在的新诗的现状中更踏进一步。不管我们现在表现的是怎样，我们所希望的是把水准尽可能地使更提高，使中国新诗有更深远一点的内容，更完善一点的表现方式。”从中我们可以体会出，为什么时至今日，在抗战那个民族诗歌爆发期诞生的作品中，艾青的诗歌依然打动人心，保持着旺盛的鼓舞力量。

说到导读，我希望读者朋友们在阅读时放松心情，享受作者作品中意象的生成与调配，咀嚼一下那些跳跃的或连贯的画面是如何带动我们的情绪、传递作者的感受的；体会作者是如何在典型诗歌的表述中展现散文美的；感受一下其戏剧独白式的抒情方式。而导读最重要的提示为：一些有代表性的诗篇，不要默读，最好朗读出声音来。

王　晓

三十年代

当黎明穿上了白衣

紫蓝的林子与林子之间
由青灰的山坡到青灰的山坡，
绿的草原，
绿的草原，草原上流着
—— 新鲜的乳液似的烟 ……

啊，当黎明穿上了白衣的时候，
田野是多么新鲜！
看，
微黄的灯光，
正在电杆上颤栗它的最后的时间。
看！

一九三二年一月二十五日由巴黎到马赛的路上

阳光在远处

阳光在沙漠的远处，

船在暗云遮着的河上驰去，

暗的风，

暗的沙土，

暗的

　　旅客的心啊。

—— 阳光嬉笑地

　　　　　　射在沙漠的远处。

一九三二年二月三日　苏伊士河上

透明的夜

一

透明的夜。

…… 阔笑从田堤上煽起 ……
一群酒徒，望
沉睡的村，哗然地走去 ……
村，
狗的吠声，叫颤了
满天的疏星。

村，
沉睡的街
沉睡的广场，冲进了
醒的酒坊。
酒，灯光，醉了的脸
放荡的笑在一团 ……

“走

　　到牛杀场，去

喝牛肉汤……”

二

酒徒们，走向村边

进入了一道灯光敞开的门，

血的气息，肉的堆，牛皮的

热的腥酸……

人的嚣喧，人的嚣喧。

油灯像野火一样，映出

十几个生活在草原上的

泥色的脸。

这里是我们的娱乐场，

那些是多谙熟的面相，

我们拿起

热气蒸腾的牛骨

大开着嘴，咬着，咬着……

“酒，酒，酒

我们要喝。”

油灯像野火一样，映出
牛的血，血染的屠夫的手臂，
溅有血点的
　屠夫的头额。

油灯像野火一样，映出
我们火一般的肌肉，以及
—— 那里面的 ——
痛苦，愤怒和仇恨的力。

油灯像野火一样，映出
—— 从各个角落来的 ——
夜的醒者
醉汉
浪客
过路的盗
偷牛的贼 ……

“酒，酒，酒
我们要喝。”

　　三

……
“趁着星光，发抖

　我们走……”
阔笑在田堤上煽起……
一群酒徒，离了
沉睡的村，向
沉睡的原野
　哗然地走去……

夜，透明的
夜！

一九三二年十月九日

大堰河——我的保姆

大堰河，是我的保姆。
她的名字就是生她的村庄的名字，
她是童养媳，
大堰河，是我的保姆。

我是地主的儿子；
也是吃了大堰河的奶而长大了的
大堰河的儿子。
大堰河以养育我而养育她的家，
而我，是吃了你的奶而被养育了的，
大堰河啊，我的保姆。

大堰河，今天我看到雪使我想起了你：
你的被雪压着的草盖的坟墓，
你的关闭了的故居檐头的枯死的瓦菲，
你的被典押了的一丈平方的园地，
你的门前的长了青苔的石椅，
大堰河，今天我看到雪使我想起了你。

你用你厚大的手掌把我抱在怀里，抚摸我；
在你搭好了灶火之后，
在你拍去了围裙上的炭灰之后，
在你尝到饭已煮熟了之后，
在你把乌黑的酱碗放到乌黑的桌子上之后，
在你补好了儿子们的为山腰的荆棘扯破的衣服之后，
在你把小儿被柴刀砍伤了的手包好之后，
在你把夫儿们的衬衣上的虱子一颗颗的掐死之后，
在你拿起了今天的第一颗鸡蛋之后，
你用你厚大的手掌把我抱在怀里，抚摸我。

我是地主的儿子，
在我吃光了你大堰河的奶之后，
我被生我的父母领回到自己的家里。
啊，大堰河，你为什么要哭？

我做了生我的父母家里的新客了！
我摸着红漆雕花的家具，
我摸着父母的睡床上金色的花纹，
我呆呆地看着檐头的我不认得的“天伦叙乐”的匾，
我摸着新换上的衣服的丝的和贝壳的纽扣，
我看着母亲怀里的不熟识的妹妹，
我坐着油漆过的安了火钵的炕凳，
我吃着碾了三番的白米的饭，

但，我是这般忸怩不安！因为我
我做了生我的父母家里的新客了。

大堰河，为了生活，
在她流尽了她的乳液之后，
她就开始用抱过我的两臂劳动了，
她含着笑，洗着我们的衣服，
她含着笑，提着菜篮到村边的结冰的池塘去，
她含着笑，切着冰屑悉索的萝卜，
她含着笑，用手掏着猪吃的麦糟，
她含着笑，扇着炖肉的炉子的火，
她含着笑，背了团箕到广场上去
　晒好那些大豆和小麦，
大堰河，为了生活，
在她流尽了她的乳液之后，
她就用抱过我的两臂，劳动了。

大堰河，深爱着她的乳儿；
在年节里，为了他，忙着切那冬米的糖，
为了他，常悄悄地走到村边的她的家里去，
为了他，走到她的身边叫一声“妈”，
大堰河，把他画的大红大绿的关云长
　贴在灶边的墙上，
大堰河，会对她的邻居夸口赞美她的乳儿；
大堰河曾做了一个不能对人说的梦：

在梦里，她吃着她的乳儿的婚酒，
坐在辉煌的结彩的堂上，
而她的娇美的媳妇亲切的叫她“婆婆”
……
大堰河，深爱她的乳儿！

大堰河，在她的梦没有做醒的时候已死了。
她死时，乳儿不在她的旁侧，
她死时，平时打骂她的丈夫也为她流泪，
五个儿子，个个哭得很悲，
她死时，轻轻地呼着她的乳儿的名字，
大堰河，已死了，
她死时，乳儿不在她的旁侧。

大堰河，含泪的去了！
同着四十几年的人世生活的凌侮，
同着数不尽的奴隶的凄苦，
同着四块钱的棺材和几束稻草，
同着几尺长方的埋棺材的土地，
同着一手把的纸钱的灰，
大堰河，她含泪的去了。

这是大堰河所不知道的：
她的醉酒的丈夫已死去，
大儿做了土匪，

第二个死在炮火的烟里，
第三，第四，第五
在师傅和地主的叱骂声里过着日子。
而我，我是在写着给予这不公道的世界的咒语。
当我经了长长的飘泊回到故土时，
在山腰里，田野上，
兄弟们碰见时，是比六七年前更要亲密！
这，这是为你，静静的睡着的大堰河
所不知道的啊！

大堰河，今天，你的乳儿是在狱里，
写着一首呈给你的赞美诗，
呈给你黄土下紫色的灵魂，
呈给你拥抱过我的直伸着的手
呈给你吻过我的唇，
呈给你泥黑的温柔的脸颜，
呈给你养育了我的乳房，
呈给你的儿子们，我的兄弟们，
呈给大地上一切的，
我的大堰河般的保姆和她们的儿子，
呈给爱我如爱她自己的儿子般的大堰河。

大堰河，
我是吃了你的奶而长大了的
你的儿子，

我敬你

爱你！

一九三三年一月十四日　雪朝

那些黄土下“紫色的灵魂”们

《大堰河——我的保姆》是艾青的成名作。艾青出生于浙江金华一个地主家庭，由于出生时难产，算命先生认为他“命克父母”，为了“化祸为福”，亲生父母便将他寄养在贫苦农妇大堰河的家中。大堰河给予艾青的不仅是甘甜的乳汁，还有那正直、淳朴的气质，善良和富于同情的心肠。1932年，艾青加入中国左翼美术家联盟，因参加进步活动被捕。在狱中，他透过铁窗看到纷飞的大雪，联想到自己的乳母大堰河，写下了这首饱含深情的诗歌。

从作者思绪发展的脉络来看，全诗可分为四层。第一层（一至二节），点明大堰河悲苦的身世，继而指明大堰河与自己是养育与被养育的关系。第二层（三至八节），集中刻画了勤劳、健壮、宽厚、善良的保姆大堰河的形象，在对她的追忆与怀念之中，表现了诗人内心的尊敬与热爱。第三层（九至十一节），写大堰河死后的悲凉和其家庭的凄惨命运，诗人对黑暗的社会发出了悲愤的诅咒。第四层（十二至十三节）是诗人献给大堰河的挽歌和赞美诗。这首百余行的长诗，句子的排列和点断随着情感的澎湃翻涌而自由舒卷，意象群的铺展让我们感受到大堰河对“我”的爱是具体的、形象的、可触的，她所经受的苦难是常态的、繁重的、悲酸的。这首呈献给黄土下“紫色的灵魂”的赞美诗也因之具有了一种荡人心潮、催人泪下的艺术感染力。

诗人的这种沉郁真挚的感情没有仅限定在大堰河个人身上，而是把她作为千千万万旧中国贫苦农妇的典型代表予以同情和歌赞，进而又从那黄土下“紫色的灵魂”过渡到以江河般的乳汁抚育人类的辽阔大地。所以，“大堰河”这一形象具有某种象征意义，她是永远与村庄、大地同在的农民的化身，诗人要把自己的全部热爱与颂扬，“呈给大地上一切的”大堰河们。

在艾青诗歌创作的早期，除了《大堰河——我的保姆》外，以下诗作也写到旧中国被生活所凌侮的贫苦民众的形象，大家可以反复品读、仔细揣摩，探究他们的形象特点以及诗人的情感。

篇目	形象特点	诗人感情	发现或结论
《卖艺者》			
《补衣妇》			
《乞丐》			
《刈草的孩子》			

芦　笛

——纪念故诗人阿波里内尔

J'avais un mirliton que je n'aurais pas échangé contre un bâton de maréchal de France.

——G. Apollinaire〔1〕

我从你彩色的欧罗巴
带回了一支芦笛，
同着它，
我曾在大西洋边
像在自己家里般走着，
如今
你的诗集"Alcool"〔2〕是在上海的巡捕房里，
我是"犯了罪"的，
在这里
芦笛也是禁物。
我想起那支芦笛啊，

---

〔1〕法文，当年我有一支芦笛，
拿法国大元帅的节杖我也不换。
——阿波里内尔

〔2〕Alcool：法文，酒。

它是我对于欧罗巴的最真挚的回忆，
阿波里内尔君，
你不仅是个波兰人
因为你
在我的眼里，
真是一节流传在蒙马特的故事，
那冗长的，
　惑人的，
由玛格丽特震颤的褪了脂粉的唇边
吐出的堇色的故事。
谁不应该朝向那
白里安和俾士麦的版图
吐上轻蔑的唾液呢——
那在眼角里充溢着贪婪，
卑污的盗贼的欧罗巴！
但是，
我耽爱着你的欧罗巴啊，
波特莱尔和兰布的欧罗巴。
在那里，
我曾饿着肚子
把芦笛自矜的吹，
人们嘲笑我的姿态，
因为那是我的姿态呀！
人们听不惯我的歌，
因为那是我的歌呀！

滚吧

你们这些曾唱了《马赛曲》，

而现在正在淫污着那

光荣的胜利的东西！

今天，

我是在巴士底狱里，

不，不是那巴黎的巴士底狱。

芦笛并不在我的身边，

铁镣也比我的歌声更响，

但我要发誓——对于芦笛，

为了它是在痛苦的被辱着，

我将像一七八九年似的

向灼肉的火焰里伸进我的手去！

在它出来的日子，

将吹送出

对于凌侮过它的世界的

毁灭的咒诅的歌。

而且我要将它高高地举起，

以悲壮的 Hymne[1]

把它送给海，

送给海的波，

粗野的嘶着的

海的波啊！

一九三三年三月二十八日

〔1〕Hymne：法文，颂歌。

马　赛

如今
无定的行旅已把我抛到这
陌生的海角的边滩上了。

看城市的街道
摆荡着，
货车也像醉汉一样颠扑，
不平的路
使车辆如村妇般
连咒带骂地滚过……
在路边
无数商铺的前面
潜伏着
期待着
看不见的计谋，
和看不见的欺瞒……
市集的喧声
像出自运动场上的千万观众的喝彩声般

从街头的那边
冲击地
播送而来……
接连不断的行人，
匆忙地，
踉跟地，
在我这迟缓的脚步旁边拥去……
他们的眼都一致地
观望他们的前面
——如海洋上夜里的船只
朝向灯塔所指示的路，
像有着生活之幸福的火焰
在茫茫的远处向他们招手
……
在你这陌生的城市里，
我的快乐和悲哀，
都同样地感到单调而又孤独！
像唯一的骆驼，
在无限风飘的沙漠中，
寂寞地寂寞地跨过……
街头群众的欢腾的呼嚷，
也像飓风所煽起的砂石，
向我这不安的心头
不可抗地飞来……
午时的太阳，

是中了酒毒的眼，
放射着混沌的愤怒
和混沌的悲哀……
它
嫖客般
凝视着
厂房之排列与排列之间所伸出的
高高的烟囱。
烟囱！
你这为资本所奸淫了的女子！
头顶上
忧郁的流散着
弃妇之披发般的黑色的煤烟……
多量的
装货的麻袋，
像肺结核病患者的灰色的痰似的
从厂旁的门口，
不停地吐出……看！
工人们摇摇摆摆地来了！
如这重病的工厂
是养育他们的母亲——
保持着血统
他们也像她一样的肌瘦枯干！
他们前进时
溅出了沓杂的言语，

而且
一直把繁琐的会话，
带到电车上去，
和着不止的狂笑
和着习惯的手势
和着红葡萄酒的
空了的瓶子。

海岸的码头上，
堆货栈
和转运公司
和大商场的广告，
强硬的屹立着
像林间的盗
等待着及时而来的财物。
那大邮轮
就以熟识的眼对看着它们
并且彼此相理解地喧谈。
若说它们之间的
震响的
冗长的言语
是以钢铁和矿石的词句的，
那起重机和搬运车
就是它们的怪奇的嘴。
这大邮轮啊

世界上最堂皇的绑匪！
几年前
我在它的肚子里
就当一条米虫般带到此地来时，
已看到了
它的大肚子的可怕的容量。
它的饕餮的鲸吞
能使东方的丰饶的土地
遭难得
比经了蝗虫的打击和旱灾
还要广大，深邃而不可救援！
半个世纪以来
已使得几个民族在它们的史页上
涂满了污血和耻辱的泪……
而我——
这败颓的少年啊，
就是那些民族当中
几万万里的一员！
今天
大邮轮将又把我
重新以无关心的手势，
抛到它的肚子里，
像另外的
成百成千的旅行者们一样。
马赛！

当我临走时
我高呼着你的名字!
而且我
以深深了解你的罪恶和秘密的眼,
依恋地
不忍舍去地看着你,
看着这海角的沙滩上
叫嚣的
叫嚣的
繁殖着那暴力的
无理性的
你的脸颜和你的
向海洋伸张着的巨臂,
因为你啊
你是财富和贫穷的锁孔,
你是掠夺和剥削的赃库。
马赛啊
你这盗匪的故乡
可怕的城市!

ORANGE[1]

圆圆的——燃烧着的
像燃烧的太阳般点亮了
　　圆圆的玻璃窗——
Orange——是我心的比喻
Orange——使我想起了：

一辆公共汽车
　　　　闪过了
纪念碑
十字街口的广场
公园边上的林荫路，
捧着白铃兰花的少女
　　五月的一个放射着喷水池的
　　翩翩的
放射着爱情的水花的节日……
Orange——像那
整个的机械饮食处里

---

〔1〕ORANGE：法文，橙子。

大麦酒的雪白的泡沫
　　所反映出的
红色篷帐的欢喜
　　太阳的欢喜……
Orange——
像拉丁女的眼瞳子般无底的
热带的海的蓝色
　　　　　　那上面撩起了
听不清的歌唱
异国人的 Melancholic[1]
Orange
圆圆的——燃烧着的
Orange
像燃烧着的太阳般点亮了圆圆的
玻璃窗——
Orange
使我想起了：
我的这 Orange 般的地球
和它的另一面的
我的那 Orange 般快乐的姑娘
我们曾在靠近离别的日子
分吃过一个
圆圆的——燃烧着的

〔1〕Melancholic：英文，忧郁。

Orange

Orange——是我心的比喻

一九三三年七月十七日

铁窗里

只能通过这唯一的窗，

我才能——

看见熔铁般红热的奔流着的朝霞；

看见潮退后星散在平沙上的贝壳般的云朵；

看见如浓墨倾泻在素绢上的阴霾；

看见如披挂在贵妇人裸体上的绯色薄纱的霓彩；

看见去拜访我的故乡的南流的云；

看见拥上火的太阳的东海的云；

看见法兰西绘画里的塞纳河上的晴空；

看见微风款步过海面时掀起鱼鳞样银浪般的天；

看见狂热的夏的天，抑郁的春的天，飘逸而

　又凄凉的秋的天；

看见寂寞的残阳爬上

　延颈歌唱在屋脊上的鸠的肩背；

看见温煦的朝日在翩跹的鸽群的白羽上闪光；

看见夜游的蝙蝠回旋在沉重的暮气里……

只能通过这唯一的窗，

我才能举起——

对于海洋的怀念，
　当碧空虚阔地展开的时候；
对于马雅可夫斯基的诗的太阳的怀念，
　当炎阳投射在赤色的围墙上；
对于千万的伸着古铜般巨臂的新世界创造者
　　的怀念
　当汽笛的声音悠长而豪阔地横过；
对于秋的绯红的森林与萧萧芦洲的怀念，
　在秋风里；
对于家乡的满山火焰般杜鹃花的怀念，
　在传来的卖花声里；
对于坐着白漆艇荡过烟水森茫的湖的怀念，
　当天空扬过一片云的白帆；
对于都市的汹嚣的夜的街道的怀念，
　当墙外喧响过车声与人语；
对于被夕阳烫熨着的大地的怀念；
对于雪的怀念，
　五月的秋的海的怀念；
对于一切在我的记忆里留过烙印的东西，都
　怀念着……

只能通过这唯一的窗，
我才能举起仰视的幻想的眼波，
在迎迓一切新的希冀——

在黄昏里希冀皓月与繁星，
在深夜希冀着黎明，
在炎夏希冀凉秋，
在严冬又希冀新春，
这不断的希冀啊，
使我感触到世界的存在；
带给我多量的生命的力。
这样，
我才能跨过——
这黎明黄昏，黄昏黎明，春夏秋冬，秋冬春夏的茫茫的时间的大海啊。

灯

盼望着能到天边
去那盏灯的下面——
而天是比盼望更远的！
虽然光的箭，已把距离
消灭到乌有了的程度；
但怎么能使我的颤指，
轻轻的抚触一下
那盏灯的辉煌的前额呢？

辽 阔

辽阔的夜，已把
天幕廓成辽阔了！

无垠的辽阔之底
闪着一颗晶莹的星……

你说，那就是
我们的计程碑吗？

辽阔的夜，在辽阔的
天幕之下益显得辽阔了……

窗

在这样绮丽的日子
我悠悠地望着窗
也能望见她
她在我幻想的窗里
我望她也在窗前
用手支着丰满的下颔
而她柔和的眼
则沉浸在思念里

在她思念的眼里
映着一个无边的天
那天的颜色
是梦一般青的
青的天的上面
浮起白的云片了
追踪那云片
她能望见我的影子

是的，她能望见我

也在这样的日子

因我也是生存在

她幻想的窗里的

卖艺者

我看着同伴的背，
他背上的
向我笑着的猴子，
大跨着我们的脚步，
穿过森林，渡过江河
向无边际的大地走去……

早晨，我们在
江北的市镇上，
黄昏，我们在
江南的都会里，
一年又一年
叫，喊，笑，哭，
伴着锣鼓的声音跨过……

人将说
我们是天外的移民，
神圣得像盗匪；

我们大吹大擂的到来
又大吹大擂的去……
我们自哪儿来的?
我们往哪儿去呢?

旱荒，饥馑，战争，
把我们逐出
生我们的村庄——
像青草被连根的拔起，
谁能不怀念
那土地的气息?

让烈日与风雨
来侵蚀我们的血肉;
让饥饿与飘泊
来磨折我们的筋骨;
我们应该
向陌生人笑，哭，叫，喊!
我们流浪!
我们死亡!

前年父亲死去
在古蜀的山麓;
今年大哥新亡
在淮水的边上，

我们无声地挖着坟坑
我们无声地埋葬！

“哈！ 哈！ 哈！”
冬冬冬！ 铛铛铛！
我们举起了闪光的刀，
我们摇晃着绯红的布，
我们走过空中的绳索，
我们吞下坚硬的长剑，
这是我们的生活！
你们笑吧，笑吧，
“哈！ 哈！ 哈！”

哪儿是我们的故乡？
哪儿是我们的家？

我看着同伴的背，
他背上的
向我笑着的猴子，
大跨着我们的脚步，
穿过森林，渡过江河
向无边际的大地走去……

晨　歌

拭去你的眼泪吧——
打开窗
让你伏在
金黄的大鹏鸟的翅膀下……

大鹏鸟起飞时
你的梦
会离弃夜的烦忧
和黑暗之畏惧的

让它把你带去！
到无极的海洋
与无风的沙漠
或是阿尔卑斯山之巅

挟着希望的遨游者有福了
愿你借大鹏鸟的羽光
给沉睡的世界，和它的
匍匐着的众生以抚慰吧！

小黑手

小吉普赛
有黑的脸
有黑的手

小吉普赛
站在水果铺子的前面
看见红的柿子
看见黄的香蕉

小吉普赛
伸出小黑手
拿了一只香蕉
放进饥饿的嘴里

水果铺子的女主人
飞快地走出水果铺子
夺去了小黑手里的香蕉
而且，向小黑脸上打着

小吉普赛哭了

用小黑手

擦他的小黑脸

他一直把哭声

带到他祖父那儿

他张开饥饿的小嘴

（用我听不懂的话）：

—— 那是吃的东西

我怎么不能吃？

春　雨

我愿天不下雨——
让我走出这乌黑的城市里的斗室，
走过那些煤屑铺的小路
慢慢地踱到郊外去，
因为此刻是春天——
毛织物该折好的季候了。
我要看一年开放一次的
桃花与杏花
看青草丛中的溪水，
徐缓地游过去
——像一条银色的大蟒蛇；
看公路旁边的电线上的白鸽，
咕叫着，拍着翅膀的白鸽；
看那些用脚踏车滑过柏油路的少女——
那些少女爱穿短裤
在柔风里飘着她们的鬈发，
一片蔚蓝的天
衬出她们鲜红的两颊

　和不止的晴朗的笑……
而我将躺在高岗上，
让白云带着我的心
航过天之海……
我要听那些银铃样的歌声——
来自果树园中的歌声；
那些童年之珍奇的询问；
和那些用风与草掏成的情话……
愿啮草的白羊来舐我的手，
我将给篱笆边上的农妇
和她的怀孕的牝牛以祈祷；
而我也将给这远方的，迷失在
煤烟里的城市
和烦忙的人群以怜悯……
但，天却飘起霏霏的雨滴了……

一九三七年三月二十三日　上海

太阳

从远古的墓茔
从黑暗的年代
从人类死亡之流的那边
震惊沉睡的山脉
若火轮飞旋于沙丘之上
太阳向我滚来……

它以难遮掩的光芒
使生命呼吸
使高树繁枝向它舞蹈
使河流带着狂歌奔向它去

当它来时，我听见
冬蛰的虫蛹转动于地下
群众在旷场上高声说话
城市从远方
用电力与钢铁召唤它

于是我的心胸

被火焰之手撕开

陈腐的灵魂

搁弃在河畔

我乃有对于人类再生之确信

一九三七年春

煤的对话

——A—Y. R.[1]

你住在哪里？

我住在万年的深山里
我住在万年的岩石里

你的年纪——

我的年纪比山的更大
比岩石的更大

你从什么时候沉默的？

从恐龙统治了森林的年代
从地壳第一次震动的年代

你已死在过深的怨愤里了么？

〔1〕给又然。

死？不，不，我还活着——

请给我以火，给我以火！

一九三七年春

春

春天了
龙华的桃花开了
在那些夜间开了
在那些血斑点点的夜间
那些夜是没有星光的
那些夜是刮着风的
那些夜听着寡妇的咽泣
而这古老的土地呀
随时都像一只饥渴的野兽
舐吮着年轻人的血液
顽强的人之子的血液
于是经过了悠长的冬日
经过了冰雪的季节
经过了无限困乏的期待
这些血迹，斑斑的血迹
在神话般的夜里
在东方的深黑的夜里
爆开了无数的蓓蕾

点缀得江南处处是春了

人问：春从何处来？

我说：来自郊外的墓窟。

一九三七年四月

生　命

有时
我伸出一只赤裸的臂
平放在壁上
让一片白垩的颜色
衬出那赭黄的健康

青色的河流鼓动在土地里
蓝色的静脉鼓动在我的臂膀里

五个手指
是五支新鲜的红色
里面旋流着
土地耕植者的血液

我知道
这是生命
让爱情的苦痛与生活的忧郁
让它去担载罢，

让它喘息在
世纪的辛酷的犁轭下，
让它去欢腾，去烦恼，去笑，去哭罢，
它将鼓舞自己
直到颓然地倒下！

这是应该的
依照我的愿望
在期待着的日子
也将要用自己的悲惨的灰白
去衬映出
新生的跃动的鲜红。

一九三七年四月

浪

你也爱那白浪么——
它会啮啃岩石
更会残忍地折断船橹
　　　　　　撕碎布帆

没有一刻静止
它自满地谈述着
从古以来的
航行者的悲惨的故事

或许是无理性的
但它是美丽的

而我却爱那白浪
——当它的泡沫溅到我的身上时
我曾起了被爱者的感激

一九三七年五月二日　吴淞炮台湾

笑

我不相信考古学家——

在几千年之后，
在无人迹的海滨，
在曾是繁华过的废墟上
拾得一根枯骨
——我的枯骨时，
他岂能知道这根枯骨
是曾经了二十世纪的烈焰燃烧过的？

又有谁能在地层里
寻得
那些受尽了磨难的
牺牲者的泪珠呢？
那些泪珠
曾被封禁于千重的铁栅，
却只有一枚钥匙
可以打开那些铁栅的门，

而去夺取那钥匙的无数大勇
却都倒毙在
守卫者的刀枪下了

如能捡得那样的一颗泪珠
藏之枕畔
当比那捞自万丈的海底之贝珠
更晶莹，更晶莹
而彻照万古啊！

我们岂不是
都在自己的年代里
被钉上了十字架么？
而这十字架
决不比拿撒勒人所钉的
较少痛苦。

敌人的手
给我们戴上荆棘的冠冕
从刺破了的惨白的前额
淋下的深红的血点，
也不曾写尽
我们胸中所有的悲愤啊！
诚然
我们不应该有什么奢望，

却只愿有一天
人们想起我们，
像想起远古的那些
和巨兽搏斗过来的祖先，
脸上会浮上一片
安谧而又舒展的笑——
虽然那是太轻松了，
但我却甘愿
为那笑而捐躯！

一九三七年五月八日

黎　明

当我还不曾起身
两眼闭着
听见了鸟鸣
听见了车声的隆隆
听见了汽笛的嘶叫
我知道
你又叩开白日的门扉了……

黎明，
为了你的到来
我愿站在山坡上，
像欢迎
从田野那边疾奔而来的少女，
向你张开两臂——
因为你，
你有她的纯真的微笑，
和那使我迷恋的草野的清芬。

我怀念那：

同着伙伴提了篾篮

到田堤上的豆棚下

采撷豆荚的美好的时刻啊——

我常进到最密的草丛中去，

让露水浸透了我的草鞋，

泥浆也溅满我的裤管，

这是自然给我的抚慰，

我将狂欢而跳跃……

我也记起

在远方的城市里

在浓雾蒙住建筑物的每个早晨，

我常爱在街上无目的地奔走，

为的是

你带给我以自由的愉悦，

和工作的热情。

但我却不愿

看见你罩上忧愁的面纱——

因我不能到田间去了，

也不能在街上奔跑——

一切都沉默着，

望着阴郁的雨滴徘徊在我的窗前

我会联想到：死亡，战争，

和人间一切的不幸……

黎明啊，
要是你知道我曾对你
有比对自己的恋人
更不敢拂逆和迫切的期待啊——

当我在那些苦难的日子，
悠长的黑夜
把我抛弃在失眠的卧榻上时，
我只会可怜地凝视着东方，
用手按住温热的胸膛里的急迫的心跳
等待着你——
我永远以坚苦的耐心，
希望在铁黑的天与地之间
会裂出一丝白线——
纵使你像故意折磨我似的延迟着，
我永不会绝望，
却只以燃烧着痛苦的嘴
问向东方：
“黎明怎不到来？”

而当我看见了你
披着火焰的外衣，
从天边来到阴暗的窗口时啊——

我像久已为饥渴哭泣得疲乏了的婴孩，

看见母亲为他解开裹住乳房的衣襟

泪眼迸出微笑，

心儿感激着，

我将带着呼唤

带着歌唱

投奔到你温煦的怀里。

一九三七年五月二十三日晨

死　地

——为川灾而作

大地已死了！
——躺开着的那万顷的荒原
是它的尸体

它死在绝望里；
临终时
依然睁着枯干的眼
巴望天顶
落下一颗雨滴……

没有雨滴
甚至一颗也没有

看见的到处是：
像被火烧过的
焦黑的麦穗
与枯黄的麦秆
与龟裂了的土地

那些麻雀呢？

那些曾用小眼

偷看着我们的田鼠呢？

一切都完了！

几千万的“地之子”，

从山坡到山坡，

从田原到田原，

寻找着，寻找着

一根草，一片树叶……

没有草

也没有树叶

——因为每一点绿色

必须有一滴露珠的润泽呀

给我们那些金黄的颗粒吧！

给我们那些

闪着收获者欣喜的汗珠的颗粒吧！

给我们雨滴吧——

让我们的妇女

再唱一次感恩的歌，

让我们

再饮一次酬神的酒吧！

向着天
千万人一齐地跪下

但是
没有雨滴！

几千万的“地之子”，
从山坡到山坡，
从田原到田原，
找不到草
找不到树叶
疲乏地喘息着……

哪儿去了？
——那些每年背了征粮的袋子
来搜劫
我们留在坛里的
最后的谷粒的哪儿去了？

还有那些
在讨债时带走了
我们妻女的首饰的人呢？

村上不再有鸡犬的鸣叫
屋顶也不再冒出炊烟了
到处是男人的叹息
女人的咽泣
与孩童的哀号……

于是他们——千万的"地之子"
伸出无数的手
像冬天的林木的枯枝般的手
向死亡的大地的心脏
挖掘食粮

可怜的"地之子"们啊
终于从泥土的滋味
尝到大地母亲蕴藏着的
千载的痛苦。

于是他们
相继地倒毙了！
——像草
像麦秆
在哑了的河畔
在僵硬了的田原。

而那些活着的

他们聚拢了——
像黑色的旋风
从古以来没有比这更大的旋风
卷起了黑色的沙土
在流着光之溶液的天幕下
他们旋舞着愤怒，
旋舞着疯狂……

从死亡的大地
到死亡的大地
你知道
那旋转着，旋转着的
旋风它渴望着什么呢？

我说
如有人点燃了那饥饿之火啊……

一九三七年六月三十日

复活的土地

腐朽的日子
早已沉到河底，
让流水冲洗得
快要不留痕迹了；

河岸上
春天的脚步所经过的地方，
到处是繁花与茂草；
而从那边的丛林里
也传出了
忠心于季节的百鸟之
高亢的歌唱。

播种者呵
是应该播种的时候了，
为了我们肯辛勤地劳作
大地将孕育
金色的颗粒。

就在此刻，
你——悲哀的诗人呀，
也应该拂去往日的忧郁，
让希望苏醒在你自己的
久久负伤着的心里：

因为，我们的曾经死了的大地，
在明朗的天空下
已复活了！
——苦难也已成为记忆，
在它温热的胸膛里
重新漩流着的
将是战斗者的血液。

一九三七年七月六日　沪杭路上

他起来了

他起来了——
从几十年的屈辱里
从敌人为他掘好的深坑旁边

他的额上淋着血
他的胸上也淋着血
但他却笑着
——他从来不曾如此地笑过

他笑着
两眼前望且闪光
像在寻找
那给他倒地的一击的敌人

他起来了
他起来
将比一切兽类更勇猛
又比一切人类更聪明

因为他必须如此

因为他

必须从敌人的死亡

夺回来自己的生存

一九三七年十月十二日　杭州

雪落在中国的土地上

雪落在中国的土地上，
寒冷在封锁着中国呀……

风，
像一个太悲哀了的老妇，
紧紧地跟随着
伸出寒冷的指爪
拉扯着行人的衣襟，
用着像土地一样古老的话
一刻也不停地絮聒着……

那从林间出现的，
赶着马车的
你中国的农夫
戴着皮帽
冒着大雪
你要到哪儿去呢？

告诉你
我也是农人的后裔——
由于你们的
刻满了痛苦的皱纹的脸
我能如此深深地
知道了
生活在草原上的人们的
岁月的艰辛。

而我
也并不比你们快乐啊
——躺在时间的河流上
苦难的浪涛
曾经几次把我吞没而又卷起——
流浪与监禁
已失去了我的青春的
最可贵的日子，
我的生命
也像你们的生命
一样的憔悴呀

雪落在中国的土地上，
寒冷在封锁着中国呀……

沿着雪夜的河流，

一盏小油灯在徐缓地移行，
那破烂的乌篷船里
映着灯光，垂着头
坐着的是谁呀？

——啊，你
蓬发垢面的少妇，
是不是
你的家
——那幸福与温暖的巢穴——
已被暴戾的敌人
烧毁了么？
是不是
也像这样的夜间，
失去了男人的保护，
在死亡的恐怖里
你已经受尽敌人刺刀的戏弄？

咳，就在如此寒冷的今夜，
无数的
我们的年老的母亲，
都蜷伏在不是自己的家里，
就像异邦人
不知明天的车轮
要滚上怎样的路程……

——而且
中国的路
是如此的崎岖
是如此的泥泞呀。

雪落在中国的土地上，
寒冷在封锁着中国呀……

透过雪夜的草原
那些被烽火所啮啃着的地域，
无数的，土地的垦殖者
失去了他们所饲养的家畜
失去了他们肥沃的田地
拥挤在
生活的绝望的污巷里：
饥馑的大地
朝向阴暗的天
伸出乞援的
颤抖着的两臂。

中国的苦痛与灾难
像这雪夜一样广阔而又漫长呀！

雪落在中国的土地上
寒冷在封锁着中国呀……

中国

我的在没有灯光的晚上

所写的无力的诗句

能给你些许的温暖么？

一九三七年十二月二十八日夜间

手推车

在黄河流过的地域
在无数的枯干了的河底
手推车
以唯一的轮子
发出使阴暗的天穹痉挛的尖音
穿过寒冷与静寂
从这一个山脚
到那一个山脚
彻响着
北国人民的悲哀

在冰雪凝冻的日子
在贫穷的小村与小村之间
手推车
以单独的轮子
刻画在灰黄土层上的深深的辙迹
穿过广阔与荒漠
从这一条路

到那一条路

交织着

北国人民的悲哀

一九三八年初

风陵渡

风吹着黄土层上的黄色的泥沙
风吹着黄河的污浊的水
风吹着无数的古旧的渡船
风吹着无数渡船上的古旧的布帆

黄色的泥沙
使我们看不见远方
黄河的水
激起险恶的浪
古旧的渡船
载着我们的命运
古旧的布帆
突破了风，要把我们
带到彼岸
风陵渡是险恶的
黄河的浪是险恶的
听呵
那野性的叫喊

它没有一刻不想扯碎我们的渡船

和鲸吞我们的生命

而那潼关啊

潼关在黄河的彼岸

它庄严地

守卫着祖国的平安。

一九三八年初　风陵渡

北　方

一天
那个科尔沁草原上的诗人
对我说：
“北方是悲哀的。”

不错
北方是悲哀的。
从塞外吹来的
沙漠风，
已卷去北方的生命的绿色
与时日的光辉
——一片暗淡的灰黄
蒙上一层揭不开的沙雾；
那天边疾奔而至的呼啸
带来了恐怖
疯狂地
扫荡过大地；
荒漠的原野

冻结在十二月的寒风里，
村庄呀，山坡呀，河岸呀，
颓垣与荒冢呀
都披上了土色的忧郁……
孤单的行人，
上身俯前
用手遮住了脸颊，
在风沙里
困苦地呼吸
一步一步地
挣扎着前进……
几只驴子
——那有悲哀的眼
　　和疲乏的耳朵的畜生，
载负了土地的
痛苦的重压，
它们厌倦的脚步
徐缓地踏过
北国的
修长而又寂寞的道路……

那些小河早已枯干了
河底也已画满了车辙，
北方的土地和人民
在渴求着

那滋润生命的流泉啊！
枯死的林木
与低矮的住房
稀疏地，阴郁地
散布在灰暗的天幕下；
天上，
看不见太阳，
只有那结成大队的雁群
惶乱的雁群
击着黑色的翅膀
叫出它们的不安与悲苦，
从这荒凉的地域逃亡
逃亡到
绿荫蔽天的南方去了……

北方是悲哀的
而万里的黄河
汹涌着混浊的波涛
给广大的北方
倾泻着灾难与不幸；
而年代的风霜
刻划着
广大的北方的
贫穷与饥饿啊。

而我
—— 这来自南方的旅客，
却爱这悲哀的北国啊。
扑面的风沙
与入骨的冷气
决不曾使我咒诅；
我爱这悲哀的国土，
一片无垠的荒漠
也引起了我的崇敬
—— 我看见
我们的祖先
带领了羊群
吹着笳笛
沉浸在这大漠的黄昏里；
我们踏着的
古老的松软的黄土层里
埋有我们祖先的骸骨啊，
—— 这土地是他们所开垦
几千年了
他们曾在这里
和带给他们以打击的自然相搏斗
他们为保卫土地，
从不曾屈辱过一次，
他们死了
把土地遗留给我们 ——

我爱这悲哀的国土，
它的广大而瘦瘠的土地
带给我们以淳朴的言语
与宽阔的姿态，
我相信这言语与姿态，
坚强地生活在大地上
永远不会灭亡；
我爱这悲哀的国土，
　　古老的国土
——这国土
养育了为我所爱的
世界上最艰苦
与最古老的种族。

一九三八年二月四日　潼关

驴　子

你披满沙土的身体

干毛剥落的身体

拖着那

无终止地奔走在原野上的

人们的可怜的什物；

你下垂的耳朵

无力的耳朵

听惯了

由轮轴传向空阔去的悲哀的嘶叫；

你灰色的眼瞳

瞌睡的眼瞳

映照着

北方的广漠的土地的忧郁；

你小小的脚蹄

疲乏的脚蹄

走着那

广漠的土地上的

不平坦的荒凉的道路；

你倦怠，你辛苦，你孤独，
在这永远被风砂罩着的土地上
驴子啊，
你是北国人民的最亲切的朋友。

补衣妇

补衣妇坐在路旁
行人走过路
路扬起沙土
补衣妇头巾上是沙土
衣服上是沙土

她的孩子哭了
眼泪又被太阳晒干了
她不知道
只是无声地想着她的家
她的被炮火毁掉的家
无声地给人缝补
让孩子的眼
可怜的眼
瞪着空了的篮子

补衣妇坐在路旁
路一直伸向无限
她给行路人补好袜子
行路人走上了路

乞丐

在北方
乞丐徘徊在黄河的两岸
徘徊在铁道的两旁

在北方
乞丐用最使人厌烦的声音
呐喊着痛苦
说他们来自灾区
来自战地

饥饿是可怕的
它使年老的失去仁慈
年幼的学会憎恨

在北方
乞丐用固执的眼
凝视着你
看你在吃任何食物

和你用指甲剔牙齿的样子

在北方
乞丐伸着永不缩回的手
乌黑的手
要求施舍一个铜子
向任何人
甚至那掏不出一个铜子的兵士

一九三八年春　陇海道上

向太阳

从远古的墓茔
从黑暗的年代
从人类死亡之流的那边
震惊沉睡的山脉
若火轮飞旋于沙丘之上
太阳向我滚来……

——引自旧作《太阳》

一、我起来

我起来——
像一只困倦的野兽
受过伤的野兽
从狼藉着败叶的林薮
从冰冷的岩石上
挣扎了好久
支撑着上身
睁开眼睛

向天边寻觅……

我——
是一个
从遥远的山地
从未经开垦的山地
到这几千万人
　　用他们的手劳作着
　　用他们的嘴呼嚷着
　　用他们的脚走着的城市来的
　　　旅客，
我的身上
酸痛的身上
深刻地留着
风雨的昨夜的
长途奔走的疲劳

但
我终于起来了

我打开窗
用囚犯第一次看见光明的眼
看见了黎明
——这真实的黎明啊

（远方
似乎传来了群众的歌声）
于是　我想到街上去

二、街　上

早安呵
你站在十字街头
　　车辆过去时
　举着白袖子的手的警察
早安呵
你来自城外的
　挑着满箩绿色的菜贩
早安呵
你打扫着马路的
　穿着红色背心的清道夫
早安呵
你提了篮子，第一个到菜场去的
　棕色皮肤的年轻的主妇
我相信
昨夜
你们决不像我一样
　　被不停的风雨所追踪
　被无止的噩梦所纠缠
你们都比我睡得好啊！

三、昨　天

昨天
我在世界上
用可怜的期望
喂养我的日子
像那些未亡人
披着麻缕
用可怜的回忆
喂养她们的日子一样

昨天
我把自己的国土
　当做病院
—— 而我是患了难于医治的病的
没有哪一天
我不是用迟滞的眼睛
看着这国土的
　没有边际的凄惨的生命……
没有哪一天
我不是用呆钝的耳朵
听着这国土的
　没有止息的痛苦的呻吟

昨天

我把自己关在

精神的牢房里

四面是灰色的高墙

没有声音

我沿着高墙

走着又走着

我的灵魂

不论白日和黑夜

永远的唱着

一曲人类命运的悲歌

昨天

我曾狂奔在

阴暗而低沉的天幕下的

没有太阳的原野

到山巅上去

伏倒在紫色的岩石上

流着温热的眼泪

哭泣我们的世纪

现在好了

一切都过去了

四、日　出

太阳出来了……

当它来时……

城市从远方

用电力与钢铁召唤它

——引自旧作《太阳》

太阳

从远处的高层建筑

——那些水门汀与钢铁所砌成的山

和那成百的烟突

成千的电线杆子

成万的屋顶

所构成的

密丛的森林里

出来了……

在太平洋

在印度洋

在红海

在地中海

在我最初对世界怀着热望

而航行于无边蓝色的海水上的少年时代

我都曾看着美丽的日出
但此刻
在我所呼吸的城市
喷发着煤油的气息
柏油的气息
混杂的气息的城市
敞开着金属的胴体
矿石的胴体
电火的胴体的城市
宽阔地
承受黎明的爱抚的城市
我看见日出
比所有的日出更美丽

五、太阳之歌

是的
太阳比一切都美丽
比处女
比含露的花朵
比白雪
比蓝的海水
太阳是金红色的圆体
是发光的圆体
是在扩大着的圆体

惠特曼

从太阳得到启示

用海洋一样开阔的胸襟

写出海洋一样开阔的诗篇

凡谷

从太阳得到启示

用燃烧的笔

蘸着燃烧的颜色

画着农夫耕犁大地

画着向日葵

邓肯

从太阳得到启示

用崇高的姿态

披示给我们以自然的旋律

太阳

它更高了

它更亮了

它红得像血

太阳

它使我想起　法兰西　美利坚的革命

想起　博爱　平等　自由

想起　德谟克拉西

想起　《马赛曲》　《国际歌》

想起　华盛顿　列宁　孙逸仙

　　　和一切把人类从苦难里拯救出来的

　　　人物的名字

是的

太阳是美的

且是永生的

六、太阳照在

初升的太阳

照在我们的头上

照在我们的久久地低垂着

　不曾抬起过的头上

太阳照着我们的城市和村庄

照着我们的久久地住着

　屈服在不正的权力下的城市和村庄

太阳照着我们的田野、河流和山峦

照着我们的从很久以来

　到处都蠕动着痛苦的灵魂的

　田野、河流和山峦……

今天
太阳的炫目的光芒
把我们从绝望的睡眠里刺醒了
也从那遮掩着无限痛苦的迷雾里
刺醒了我们的城市和村庄
也从那隐蔽着无边忧郁的烟雾里
刺醒了我们的田野，河流和山峦
我们仰起了沉重的头颅
从濡湿的地面
一致地
向高空呼嚷
“看我们
我们
笑得像太阳！”

七、在太阳下

“看我们
我们
笑得像太阳！”

那边
一个伤兵
支撑着木制的拐杖
沿着长长的墙壁

跨着宽阔的步伐
太阳照在他的脸上
照在他纯朴地笑着的脸上
他一步一步地走着
他不知道我在远处看着他
当他的披着绣有红十字的灰色衣服的
　高大的身体
走近我的时候
这太阳下的真实的姿态
我觉得
比拿破仑的铜像更漂亮

太阳照在
城市的上空

街上的人
这么多，这么多
他们并不曾向我打招呼
但我向他们走去
我看着每一个从我身边走过的人
对他们
我不再感到陌生

太阳照着他们的脸
照着他们的

　　光洁的，年轻的脸
　　发皱的，年老的脸
　　红润的，少女的脸
　　善良的，老妇的脸
和那一切的
　昨天还在惨愁着但今天却笑着的脸
他们都匆忙地
摆动着四肢
在太阳光下
来来去去地走着
　——好像他们被同一的意欲所驱使似的
他们含着微笑的脸
也好像在一致地说着
“我们爱这日子
不是因为我们
　　看不见自己的苦难
不是因为我们
　　看不见饥饿与死亡
我们爱这日子
是因为这日子给我们
带来了灿烂的明天的
最可信的音讯。”

太阳光
闪烁在古旧的石桥上……

几个少女——

　那些幸福的象征啊

背着募捐袋

在石桥上

在太阳下

唱着清新的歌

　“我们是天使

　健康而纯洁

　我们的爱人

　年轻而勇敢

　有的骑战马

　驰骋在旷野

　有的驾飞机

　飞翔在天空……”

（歌声中断了，她们在向行人募捐）

现在

她们又唱了

　“他们上战场

　奋勇杀敌人

　我们在后方

　慰劳与宣传

　一天胜利了

　欢聚在一堂……”

她们的歌声

是如此悠扬
太阳照着她们的
　骄傲地突起的胸脯
和袒露着的两臂
和发出尊严的光辉的前额
她们的歌
飘到桥的那边去了……

太阳的光
泛滥在街上

浴在太阳光里的
　街的那边
一群穿着被煤烟弄脏了的衣服的工人
扛抬着一架机器
　——金属的棱角闪着白光
太阳照在
　他们流汗的脸上
当他们每一步前进时
他们发出缓慢而沉洪的呼声
　“杭——唷
　杭——唷
　我们是工人
　工人最可怜
　贫穷中诞生

劳动里成长
一年忙到头
为了吃与穿
吃又吃不饱
穿又穿不暖
杭 —— 唷
杭 —— 唷
自从八一三
敌人来进攻
工厂被炸掉
东西被抢光
几千万工友
饥饿与流亡
我们在后方
要加紧劳动
为国家生产
为抗战流汗
一天胜利了
生活才饱暖
杭 —— 唷
杭 —— 唷 ……”

他们带着不止的杭唷声
转弯了 ……

太阳光

泛滥在旷场上

旷场上

成千的穿草黄色制服的士兵

　在操演

他们头上的钢盔

　和枪上的刺刀

闪着白光

他们以严肃的静默

等待着

　那及时的号令

现在

他们开步了

从那整齐的步伐声里

我听见

　“一！　二！　三！　四！

　一！　二！　三！　四！

　我们是从田野来的

　我们是从山村来的

　我们生活在茅屋

　我们呼吸在畜棚

　我们耕犁着田地

　田地是我们的生命

　但今天

　敌人来到我们的家乡

　我们的茅屋被烧掉

我们的牲口被吃光
我们的父母被杀死
我们的妻女被强奸
我们没有了镰刀与锄头
只有背上了子弹与枪炮
我们要用闪光的刺刀
抢回我们的田地
回到我们的家乡
消灭我们的敌人
敌人的脚踏到哪里
敌人的血流到哪里……
……
一！ 二！ 三！ 四！
一！ 二！ 三！ 四！
……”

这真是何等的奇遇啊……

八、今　天

今天
奔走在太阳的路上
我不再垂着头
　把手插在裤袋里了
嘴也不再吹那寂寞的口哨
不看天边的流云

不彷徨在人行道

今天
在太阳照着的人群当中
我决不专心寻觅
那些像我自己一样惨愁的脸孔了

今天
太阳吻着我昨夜流过泪的脸颊
吻着我被人世间的丑恶厌倦了的眼睛
吻着我为正义喊哑了声音的嘴唇
吻着我这未老先衰的
啊！ 快要佝偻了的背脊

今天
我听见
太阳对我说
“向我来
从今天
你应该快乐些呵……”

于是
被这新生的日子所蛊惑
我欢喜清晨郊外的军号的悠远的声音
我欢喜拥挤在忙乱的人丛里

我欢喜从街头敲打过去的锣鼓的声音

我欢喜马戏班的演技

　当我看见了那些原始的，粗暴的，健康的运动

　我会深深地爱着它们

　——像我深深地爱着太阳一样

今天

我感谢太阳

太阳召回了我的童年了

九、我向太阳

我奔驰

依旧乘着热情的轮子

太阳在我的头上

用不能再比这更强烈的光芒

燃灼着我的肉体

由于它的热力的鼓舞

我用嘶哑的声音

歌唱了：

　“于是，我的心胸

　被火焰之手撕开

　陈腐的灵魂

　搁弃在河畔……”

这时候

我对我所看见　所听见

感到了从未有过的宽怀与热爱

我甚至想在这光明的际会中死去……

一九三八年四月在武昌

黄　昏

黄昏的林子是黑色而柔和的
林子里的池沼是闪着白光的
而使我沉溺地承受它的抚慰的风啊
一阵阵地带给我以田野的气息……

我永远是田野气息的爱好者啊……
无论我飘泊在哪里
当黄昏时走在田野上
那如此不可排遣地困惑着我的心的
是对于故乡路上的畜粪的气息
和村边的畜棚里的干草的气息的记忆啊……

一九三八年七月十六日黄昏　武昌

斜　坡

金黄的太阳辐射到
远远的小山的斜坡上——
那斜坡刚才是被薄雾遮住的，
而现在，我们可以看见
它的红的泥土和浅绿的草所缀成的美丽的脉络了……

我想：斜坡的下面是有村庄的吧——
以光洁的岩石当晒场
也该有壮健的少妇卷上袖管
在铺晒着昨天刚收割的谷类吧；
而她的男人赤着上身挑着担
从那昏暗的小门口走出；
而她的孩子则坐在岩石的边上
在叫唤着她……

但这一切，从这里都是看不见的啊——

一条长长的丛密的杂色的林木

已遮去了有丰富的图画的斜坡的下部。

一九三八年八月　衡山

秋　晨

雾气从堤岸上徐缓地升起
新耕的土地，潮湿而松软；
田亩裸卧在山坡的下面
一阵阵地发散着
稻草的气息，泥土的气息

清晨的池沼是美丽的
以深黑的水映着秋空的高阔；
一片柠檬黄的新月
镶嵌在灰青色的天顶
—— 只有新兵操演的声音
划过了静寂 ……

一九三八年八月　衡山

我爱这土地

假如我是一只鸟，
我也应该用嘶哑的喉咙歌唱：
这被暴风雨所打击着的土地，
这永远汹涌着我们的悲愤的河流，
这无止息地吹刮着的激怒的风，
和那来自林间的无比温柔的黎明……
——然后我死了，
连羽毛也腐烂在土地里面。

为什么我的眼里常含泪水？
因为我对这土地爱得深沉……

一九三八年十一月十七日

土地的意象世界

《我爱这土地》写于抗日战争全面爆发后的1938年11月，当时日本侵略者连续攻占了我国华北、华东、华南的广大地区，大半国土遭受日军蹂躏。在国土沦丧、民族危亡的关头，艾青满怀对祖国的深情和对侵略者的仇恨，悲愤地写下了这首慷慨激昂的诗。

诗人以鸟自喻，通过鸟对土地的歌唱，表达了自己对处于苦难之中的祖国深沉的爱，以及愿为祖国献出生命的强烈愿望。诗歌一开始便集中展现了诗人对土地的一片赤诚之爱，在个体生命的短暂、渺小与大地生命的永恒、博大之间，诗人为了表达自己对土地最真挚、深沉的爱，把自己想象成“一只鸟”，永不疲倦地围绕着祖国大地飞翔。“嘶哑的喉咙”极大地表现了诗人悲愤、焦虑、痛苦的感情。接着，诗歌借助丰富的意象，用蒙太奇式的特写镜头，向我们依次推出鸟儿要歌唱的对象：土地、河流、风、黎明。“—— 然后我死了，/ 连羽毛也腐烂在土地里面”折射出诗人刻骨铭心、至死不渝的爱国之情。最后，诗人发出“为什么我的眼里常含泪水？ / 因为我对这土地爱得深沉……”的倾诉，更是把个人的情感、命运都赋予时代、人民、祖国和土地的明证。

“土地”是本诗中的一个重要意象，诗人通过土地这一载体，将沧桑、衰弱、备受苦难的祖国形象呈现在我们面前。有学者统计，艾青借土地表达感情的诗，在其全部诗作中比重高达26%。作为虔诚的“土地诗人”，艾青终其一生都在用深情的笔墨描摹着脚下的这片土地，正如穆旦所言，“他的笔触范围很大，然而在他的任何一种生活的刻画里，我们都可以嗅到同一‘土地的气息’”。

除了《我爱这土地》这首诗，你还能从艾青的哪些诗篇中嗅到“土地的气息”？根据提示，在横线处填写相应的诗篇名称。

____________以白描式的语言叙写青葱原野、繁花茂草、林中鸟鸣，呈现出生机勃勃的田园风光。____________中黑土地结出金色的果实，哺育自己的万千儿女——“我们靠着它，/换得了一家的饱暖，/度过了严寒的冬天”。____________中，诗人面对安谧的低洼地环境和淳朴的劳动者有感而发：“没有比林间的低洼地更美的了/幽暗而静寂丰富而深邃野蛮而神秘……没有比林间的低洼地更和谐了/站立在荫影里的临时的工场也是可爱的……”

吊　楼

在那些城市的边上
无数的吊楼
像一群乞丐
褴褛挨着褴褛
站立在河流的两旁

河流
河流是土地的客人
—— 它的行脚
从不停驻在一处
它有太渺茫的希望
它的希望是海洋
而吊楼
它们是宿命地
站立在河边
以黑色的窗户
当作蕴藏了无限忧郁的眼
无论清晨、黄昏，

甚至在午夜
永远看着
从他们身边
叫喊过去的波浪

而波浪
波浪是如此匆忙
它出发它旅行
它鞭策着时间
跨越过所有的阻难
——它从吊楼面前过去
不给吊楼些许的安慰
和片刻的流连

而吊楼
吊楼是悲哀的
就在有太阳的日子
他们也只能像盲女般微笑着
而在雨天
它们就像寡妇般
在河边低低地咽泣了

吊楼的前面是浮桥
浮桥上是慌乱地来往的行人
从这边到那边
从那边到这边

他们以交织着的脚步
永远追赶着
生活的狂热的愿望

而吊楼
吊楼是颓败的
它只能用阴黑的固执的眼
看着兴腾的人群
同时又用无力的疑惧的眼
看着光彩焕发的城市

而城市
城市在那边
以白日的人群的喧嚷
夸耀着热闹与繁荣
以黑夜的烛天的电光
放射着骄傲与奢侈

更以耸立着的钟楼
睥睨着吊楼的破烂
在那些城市的边上
无数的吊楼
像一群乞丐
褴褛挤着褴褛
站立在河流的两旁

冬日的林子

我欢喜走过冬日的林子——
没有阳光的冬日的林子
干燥的风吹着的冬日的林子
天像要下雪的冬日的林子

没有色泽的冬日是可爱的
没有鸟的聒噪的冬日是可爱的
冬日的林子里一个人走着是幸福的
我将如猎者般轻悄地走过
而我决不想猎获什么……

一九三九年二月十五日

街

我曾在这条街上住过——
同住的全是被烽火所驱赶的人们：
女的怀着孕，男的病了，老人呛咳着
老妇在保育着婴孩……

每个日子都在慌乱里过去；
无数的人由卡车装送到这小城，
街上拥挤着难民，伤兵，失学的青年，
耳边浮过各种不同的方言；

街变了，战争使它一天天繁荣：
两旁摆满了各式各样的货摊，
豆腐店改为饭店，杂货铺变成旅馆，
我家对面的房子充做医院。

一天，成队黑翼遮满这小城的上空，
一阵轰响给这小城以痛苦的痉挛；
敌人撒下的毒火毁灭了街——

半个城市留下一片荒凉……

看：房子被揭去了屋盖，
墙和墙失去了连络，
井被塞满了瓦砾，
屋柱被烧成了焦炭。

人们都在悲痛里散光了，
（谁愿意知道他们到哪儿去？）
但是我却看见过一个，
那曾和我住在同院子的少女——

她在另一条街上走过，
那么愉快地向我招呼……
——头发剪短了，绑了裹腿，
她已穿上草绿色的军装了！

一九三九年春　桂林

我们的田地

从什么时候起的，

我们爱这田地？

这田地是如此肥沃——

它发散着刺鼻的香气，

它的黑色是无光而柔和的。

我们从小就以赤裸的脚

蹂踩着它细软的泥土；

我们长大了，才知道

就是它，以黑色的乳液

哺育了我们的生命……

年年的春天，

我们用耕犁把它翻耕，

又用锄头把它锄碎，

分成了一排排整齐的田畦，

散下了一颗颗净洁的种子；

跟随着肥料的浇泼，

与雨露的滋润，

它吐出了一点一点的青苗；

接着太阳的曝晒
与溪流的灌溉，
它迅速地长遍了
秆与叶 —— 这就是我们的喜悦啊！
到了夏天，
已是一片茂密的绿色
遮住了黑色的土壤；
一天一天地过去，
开花，结穗，金色的颗粒，
遍地闪烁着光彩 …… 是秋天了！
我们以感激
迎接这收获的季节：
一颗果子，是一粒汗，
却也是一年劳力的慰安 ——
我们靠着它，
换得了一家的饱暖，
度过了严寒的冬天；
…… 我们怎能不爱
这丰饶而美丽的田地呢？
如今，无赖的暴徒
持着枪杆，从那边来了，
他们想凭着强悍
来抢夺我们的田地 ……
—— 告诉我：

如果我们失去了它，

我们怎能生活呢？

一九三九年春　桂林

吹号者

好像曾经听到人家说过，吹号者的命运是悲苦的，当他用自己的呼吸磨擦了号角的铜皮使号角发出声响的时候，常常有细到看不见的血丝，随着号声飞出来……

吹号者的脸常常是苍黄的……

一

在那些蜷卧在铺散着稻草的地面上的困倦的人群里，
在那些穿着灰布衣服的污秽的人群里，
他最先醒来——
他醒来显得如此突兀
每天都好像被惊醒似的，
是的，他是被惊醒的，
惊醒他的
是黎明所乘的车辆的轮子
滚在天边的声音。

他睁开了眼睛，

在通宵不熄的微弱的灯光里
他看见了那挂在身边的号角，
他困惑地凝视着它
好像那些刚从睡眠中醒来
第一眼就看见自己心爱的恋人的人
一样欢喜 ——
在生活注定给他的日子当中
他不能不爱他的号角；

号角是美的 ——
它的通身
发着健康的光彩，
它的颈上
结着绯红的流苏。

吹号者从铺散着稻草的地面上起来了，
他不埋怨自己是睡在如此潮湿的泥地上，
他轻捷地绑好了裹腿，
他用冰冷的水洗过了脸，
他看着那些发出困乏的鼾声的同伴，
于是他伸手携去了他的号角；
门外依然是一片黝黑，
黎明没有到来，
那惊醒他的
是他自己对于黎明的

过于殷切的想望。

他走上了山坡，
在那山坡上伫立了很久，
终于他看见这每天都显现的奇迹：
黑夜收敛起她那神秘的帷幔，
群星倦了，一颗颗地散去……
黎明——这时间的新嫁娘啊
乘上有金色轮子的车辆
从天的那边到来……
我们的世界为了迎接她，
已在东方张挂了万丈的曙光……
看，
天地间在举行着最隆重的典礼……

二

现在他开始了，
站在蓝得透明的天穹的下面，
他开始以原野给他的清新的呼吸
吹送到号角里去，
——也夹带着纤细的血丝么？
使号角由于感激
以清新的声响还给原野，
——他以对于丰美的黎明的倾慕

吹起了起身号，
那声响流荡得多么辽远啊……

世界上的一切，
充溢着欢愉
承受了这号角的召唤……

林子醒了
传出一阵阵鸟雀的喧吵，
河流醒了
召引着马群去饮水，
村野醒了
农妇匆忙地从堤岸上走过，
旷场醒了
穿着灰布衣服的人群
从披着晨曦的破屋中出来，
拥挤着又排列着……

于是，他离开了山坡，
又把自己消失到那
无数的灰色的行列中去。
他吹过了吃饭号，
又吹过了集合号，
而当太阳以轰响的光彩
辉煌了整个天穹的时候，

他以催促的热情
吹出了出发号。

三

那道路
是一直伸向永远没有止点的天边去的，
那道路
是以成万人的脚蹂踏着
成千的车轮滚碾着的泥泞铺成的，
那道路
连结着一个村庄又连结一个村庄，
那道路
爬过了一个土坡又爬过一个土坡，
而现在
太阳给那道路镀上了黄金了，
而我们的吹号者
在阳光照着的长长的队伍的最前面，
以行进号
给前进着的步伐
做了优美的拍节……

四

灰色的人群

散布在广阔的原野上，
今日的原野呵，
已用展向无限去的暗绿的苗草
给我们布置成庄严的祭坛了：
听，震耳的巨响
响在天边，
我们呼吸着泥土与草混合着的香味，
却也呼吸着来自远方的烟火的气息，
我们蛰伏在战壕里，
沉默而严肃地期待着一个命令，
像临盆的产妇
痛楚地期待着一个婴儿的诞生，
我们的心胸
从来未曾有像今天这样充溢着爱情，
在时代安排给我们的
——也是自己预定给自己的
生命之终极的日子里，
我们没有一个不是以圣洁的意志
准备着获取在战斗中死去的光荣啊！

五

于是，惨酷的战斗开始了——
无数千万的战士
在闪光的惊觉中跃出了战壕，

广大的，急剧的奔跑
威胁着敌人地向前移动……
在震撼天地的冲杀声里，
在决不回头的一致的步伐里，
在狂流般奔涌着的人群里，
在紧密的连续的爆炸声里，
我们的吹号者
以生命所给与他的鼓舞，
一面奔跑，一面吹出了那
短促的，急迫的，激昂的，
在死亡之前决不中止的冲锋号，
那声音高过了一切，
又比一切都美丽，
正当他由于一种不能闪避的启示
任情地吐出胜利的祝祷的时候，
他被一颗旋转过他的心胸的子弹打中了！
他寂然地倒下去
没有一个人曾看见他倒下去，
他倒在那直到最后一刻
　都深深地爱着的土地上，
然而，他的手
却依然紧紧地握着那号角；

在那号角滑溜的铜皮上，
映出了死者的血

和他的惨白的面容；
也映出了永远奔跑不完的
　带着射击前进的人群，
　和嘶鸣的马匹，
　和隆隆的车辆……
而太阳，太阳
使那号角射出闪闪的光芒……

听啊，
那号角好像依然在响……

一九三九年三月末

他死在第二次

一、舁　床

等他醒来时
他已睡在舁床上
他知道自己还活着
两个弟兄抬着他
他们都不说话

天气冻结在寒风里
云低沉而移动
风静默地摆动树梢
他们急速地
抬着舁床
穿过冬日的林子

经过了烧灼的痛楚
他的心现在已安静了
像刚经过了可怕的恶斗的战场

现在也已安静了一样

然而他的血
从他的臂上渗透了绷纱布
依然一滴一滴地
淋滴在祖国的冬季的路上

就在当天晚上
朝向和他的舁床相反的方向
那比以前更大十倍的庄严的行列
以万人的脚步
擦去了他的血滴所留下的紫红的斑迹

二、医　院

我们的枪哪儿去了呢
还有我们的涂满血渍的衣服呢
另外的弟兄戴上我们的钢盔
我们穿上了绣有红十字的棉衣
我们躺着又躺着
看着无数的被金属的溶液
和瓦斯的毒气所啮蚀过的肉体
每个都以疑惧的深黑的眼
和连续不止的呻吟
迎送着无数的日子

像迎送着黑色棺材的行列
在我们这里
没有谁的痛苦
会比谁少些的
大家都以仅有的生命
为了抵挡敌人的进攻
迎接了酷烈的射击——
我们都曾把自己的血
流洒在我们所守卫的地方啊……
但今天，我们是躺着又躺着
人们说这是我们的光荣
我们却不要这样啊
我们躺着，心中怀念着战场
比怀念自己生长的村庄更亲切
我们依然欢喜在
烽火中奔驰前进呵
而我们，今天，我们
竟像一只被捆绑了的野兽
呻吟在铁床上
——我们痛苦着，期待着
要到何时呢？

三、手

每天在一定的时候到来

那女护士穿着白衣，戴着白帽
无言地走出去又走进来
解开负伤者的伤口的绷纱布
轻轻地扯去药水棉花
从伤口洗去发臭的脓与血
纤细的手指是那么轻巧
我们不会有这样的妻子
我们的姊妹也不是这样的
洗去了脓与血又把伤口包扎
那么轻巧，都用她的十个手指
都用她那纤细洁白的手指
在那十个手指的某一个上闪着金光
那金光晃动在我们的伤口
也晃动在我们的心的某个角落……
她走了仍是无言地
她无言地走了后我看着自己的一只手
这是曾经拿过锄头又举过枪的手
为劳作磨成笨拙而又粗糙的手
现在却无力地搁在胸前
长在负了伤的臂上的手啊
看着自己的手也看着她的手
想着又苦恼着，
苦恼着又想着，
究竟是什么缘分啊
这两种手竟也被搁在一起？

四、愈　合

时间在空虚里过去
他走出了医院
像一个囚犯走出了牢监
身上也脱去笨重的棉衣
换上单薄的灰布制服
前襟依然绣着一个红色的十字
自由，阳光，世界已走到了春天
无数的人们在街上
使他感到陌生而又亲切啊
太阳强烈地照在街上
从长期的沉睡中惊醒的
生命，在光辉里跃动
人们匆忙地走过
只有他仍是如此困倦
谁都不曾看见他——
一个伤兵，今天他的创口
已愈合了，他欢喜
但他更严重地知道
这愈合所含有的更深的意义
只有此刻他才觉得
自己是一个兵士
一个兵士必须在战争中受伤

伤好了必须再去参加战争
他想着又走着
步伐显得多么不自然啊
他的脸色很难看
人们走着，谁都不曾
看见他脸上的一片痛苦啊
只有太阳，从电杆顶上
伸下闪光的手指
抚慰着他的惨黄的脸
那在痛苦里微笑着的脸……

五、姿　态

他披着有红十字的灰布衣服
让两襟摊开着，让两袖悬挂着
他走在夜的城市的宽直的大街上
他走在使他感到陶醉的城市的大街上
四周喧腾的声音，人群的声音
车辆的声音，喇叭和警笛的声音
在紧迫地拥挤着他，推动着他，刺激着他，
在那些平坦的人行道上
在那些炫目的电光下
在那些滑溜的柏油路上
在那些新式汽车的行列的旁边
在那些穿着艳服的女人面前

他显得多么褴褛啊
而他却似乎突然想把脚步放宽些
（因为他今天穿有光荣的袍子）
他觉得他是应该
以这样的姿态走在世界上的
也只有和他一样的人才应该
以这样的姿态走在世界上的

然而，当他觉得这样地走着
——昂着头，披着灰布的制服，跨着大步
感到人们的眼都在看着他的脚步时
他的浴在电光里的脸
却又羞愧地红起来了
为的是怕那些人们
已猜到了他心中的秘密——
其实人家并不曾注意到他啊

六、田　野

这是一个晴朗的日子
他向田野走去
像有什么向他召呼似的

今天，他的脚踏在
田堤的温软的泥土上

使他感到莫名的欢喜

他脱下鞋子

把脚浸到浅水沟里

又用手拍弄着流水

多久了——他生活在

由符号所支配的日子里

而他的未来的日子

也将由符号去支配

但今天，他必须在田野上

就算最后一次也罢

找寻那向他召呼的东西

那东西他自己也不晓得是什么

他看见了水田

他看见一个农夫

他看见了耕牛

一切都一样啊

到处都一样啊

——人们说这是中国

树是绿了，地上长满了草

那些泥墙，更远的地方

那些瓦屋，人们走着

——他想起人们说这是中国

他走着，他走着

这是什么日子呀

他竟这样愚蠢而快乐

年节里也没有这样快乐呀
一切都在闪着光辉
到处都在闪着光辉
他向那正在忙碌的农夫笑
他自己也不晓得为什么笑
农夫也没有看见他的笑

七、一　瞥

沿着那伸展到城郊去的
林荫路，他在浓蓝的阴影里走着
避开刺眼的阳光，在阴暗里
他看见：那些马车，轻快地
滚过，里面坐着一些
穿得那么整齐的男女青年
从他们的嘴里飘出笑声
和使他不安的响亮的谈话
他走着，像一个衰惫的老人
慢慢地，他走近一个公园
在公园的进口的地方
在那大理石的拱门的脚旁
他看见：一个残废了的兵士
他的心突然被一种感觉所惊醒
于是他想着：或许这残废的弟兄
比大家都更英勇，或许

他也曾愿望自己葬身在战场
但现在，他必须躺着呻吟着
呻吟着又躺着
过他生命的残年
啊，谁能忍心看这样子
谁看了心中也要烧起了仇恨
让我们再去战争吧
让我们在战争中愉快地死去
却不要让我们只剩了一条腿回来
哭泣在众人的面前
伸着污秽的饥饿的手
求乞同情的施舍啊！

八、递　换

他脱去了那绣有红十字的灰布制服
又穿上了几个月之前的草绿色的军装
那军装的血渍到哪儿去了呢
而那被子弹穿破的地方也已经缝补过了
他穿着它，心中起了一阵激动
这激动比他初入伍时的更深沉
他好像觉得这军装和那有红十字的制服
有着一种永远拉不开的联系似的
他们将永远穿着它们，递换着它们
是的，递换着它们，这是应该的

一个兵士，在自己的
祖国解放的战争没有结束之前
这两种制服是他生命的旗帜
这样的旗帜应该激剧地
飘动在被践踏的祖国的土地上……

九、欢　送

以接连不断的爆竹声作为引导
以使整个街衢都激动的号角声作为引导
以挤集在长街两旁的群众的呼声作为引导
让我们走在众人的愿望所铺成的道上吧
让我们走在从今日的世界到明日的世界的道上吧
让我们走在那每个未来者都将以感激来追忆的
　道上吧
我们的胸膛高挺
我们的步伐齐整
我们在人群所砌成的短墙中间走过
我们在自信与骄傲的中间走过
我们的心除了光荣不再想起什么
我们除了追踪光荣不再想起什么
我们除了为追踪光荣而欣然赴死不再
　想起什么……

十、一　念

你曾否知道
死是什么东西？
—— 活着，死去，
虫与花草
也在生命的蜕变中蜕化着 ……
这里面，你所能想起的
是什么呢？
当兵，不错，
把生命交给了战争
死在河畔！
死在旷野！
冷露凝冻了我们的胸膛
尸体腐烂在野草丛里
多少年代了
人类用自己的生命
肥沃了土地
又用土地养育了
自己的生命
谁能逃避这自然的规律
—— 那末，我们为这而死
又有什么不应该呢？
背上了枪

摇摇摆摆地走在长长的行列中
你们的心不是也常常被那
比爱情更强烈的什么东西所苦恼吗?
当你们一天出发了，走向战场
你们不是也常常
觉得自己曾是生活着，
而现在却应该去死
—— 这死就为了
那无数的未来者
能比自己生活得幸福么?
一切的光荣
一切的歌赞
又有什么用呢?
假如我们不曾想起
我们是死在自己圣洁的志愿里?
—— 而这，竟也是如此不可违反的
民族的伟大的意志呢?

十一、挺　进

挺进啊，勇敢啊
上起刺刀吧，兄弟们
把千万颗心紧束在
同一的意志里：
为祖国的解放而斗争呀!

什么东西值得我们害怕呢——

当我们已经知道为战斗而死是光荣的？

挺进啊，勇敢啊

朝向炮火最浓密的地方

朝向喷射着子弹的堑壕

看，胆怯的敌人

已在我们驰奔直前的步伐声里颤抖了！

挺进啊，勇敢啊

屈辱与羞耻

是应该终结了——

我们要从敌人的手里

夺回祖国的命运

只有这神圣的战争

能带给我们自由与幸福……

挺进啊，勇敢啊

这光辉的日子

是我们所把握的！

我们的生命

必须在坚强不屈的斗争中

才能冲击奋发！

兄弟们，上起刺刀

勇敢啊，挺进啊！

十二、他倒下了

竟是那么迅速
不容许有片刻的考虑
和像电光般一闪的那惊问的时间
在燃烧着的子弹
第二次 —— 也是最后一次呵 ——
穿过他的身体的时候
他的生命
曾经算是在世界上生活过的
终于像一株
被大斧所砍伐的树似的倒下了
在他把从那里可以看着世界的窗子
那此刻是蒙上喜悦的泪水的眼睛
永远关闭了之前的一瞬间
他不能想起什么
—— 母亲死了
又没有他曾亲昵过的女人
一切都这末简单

一个兵士
不晓得更多的东西
他只晓得
他应该为这解放的战争而死

当他倒下了
他也只晓得
他所躺的是祖国的土地
—— 因为人们
那些比他懂得更多的人们
曾经如此告诉过他

不久，他的弟兄们
又去寻觅他
—— 这该是生命之最后一次的访谒
但这一次
他们所带的不再是舁床
而是一把短柄的铁铲

也不曾经过选择
人们在他所守卫的
河岸不远的地方
挖掘了一条浅坑……

在那夹着春草的泥土
覆盖了他的尸体之后
他所遗留给世界的
是无数的星布在荒原上的
可怜的土堆中的一个
在那些土堆上

人们是从来不标出死者的名字的

—— 即使标出了

又有什么用呢？

一九三九年春末

桥

当土地与土地被水分割了的时候，
当道路与道路被水截断了的时候，
智慧的人类伫立在水边：
于是产生了桥。

苦于跋涉的人类，
应该感谢桥啊。

桥是土地与土地的联系；
桥是河流与道路的爱情；
桥是船只与车辆点头致敬的驿站；
桥是乘船者与步行者挥手告别的地方。

一九三九年秋

秋晨

凉爽的早晨
太阳刚升起来的早晨
可怜的乡村的早晨

一只白色眼圈的小鸟
站在低矮的房子的黑瓦上
像在想着什么似的
看着彩云满布的高空

秋天了
我来南方已一年了
此地没有热带的呼吸
看不见参天的椰子林
心里早已有难言的结郁

但今天，当我要离去时
我的心竟如此不安
——中国的乡村

虽然到处都一样贫穷、污秽、灰暗

但到处都一样的使我留恋

一九三九年九月在桂林乡间

低洼地

岩石砌上岩石砌上岩石砌成山
山下是杂色的树杂色的树排列成树林
林间是长长的长长的石板铺的路
石板铺的路通过石桥一直伸引到乡间……

没有比林间的低洼地更美的了
幽暗而静寂丰富而深邃野蛮而神秘
无数的枝杆张开了茂叶在百尺高的空中
秋天早晨的阳光透过枝叶扯成碎片散在草地上……

没有比林间的低洼地更迷惑了
在草地的边上啃草的马也是幸福的
而当我在草地上走着时坐着时凝思着时
一阵阵地闻到了刚锯开的树木所发出的香气……

没有比林间的低洼地更和谐了
站立在荫影里的临时的工场也是可爱的
而工人们——永远的勤劳者在勤劳着

林间充满了锯木的声音劈斧的声音钉板的声音……

阳光洒下来洒下来洒在木堆上木板上
也洒在拉着锯举着斧推着刨的工人的身上
他们辛勤他们焦黑他们脸上闪着汗光
但他们沉默地没有怨言为了赶造难民居住的新房

马在嘶鸣着人在劳动着铁与木的声音在响着
稀少的行人在石板铺的路上走着又走着
阳光在照着雾在蒸化着香气在喷发着
我在沉思着感激着终于深情地唱出了土地之歌……

一九三九年九月三日　桂林

水　牛

灰色的皮毛
干硬而无光，
弧形的角
坚冷如凝霜；
满身沾结着
池沼地带的泥泞，
巨大的眼睛含着阴郁
望着田野的广阔与荒凉
你永远无声地
背负着弯曲的苦轭
在过度的辛劳里
吁出白气，
迈着疲困的脚步
耕犁冻结的大地……

一九三九年冬

怀临汾

在北方的夜里
我曾迷惑于
那空阔的高爽的灰蓝色的天
而那天是以
疏落的枣树的枝桠支撑着的

我们走上古城
看着土堡
平展在下面广大无边的原野
我们的耳边
彻响着:“战争!”

虽然是漠然地谈起友朋的踪迹
——但死了的和活着的
一样使我们亲切啊
而且我们又像那些
把人生看做浮萍的古人
慨然地接受

明天的离别

回来，我们看见
月影下的驴子
和驴子旁边蹲着的
戴着破皮帽
抽着旱烟的农民

我们沉默地踏进荒废的园子
和空寂的庭阶……
忽然又听见
街上有长鞭驱策车轮隆隆地滚过……

四十年代

旷　野

薄雾在迷蒙着旷野啊……

看不见远方——
看不见往日在晴空下的
天边的松林，
和在松林后面的
迎着阳光发闪的白垩岩了；
前面只隐现着
一条渐渐模糊的
灰黄而曲折的道路，
和道路两旁的
乌暗而枯干的田亩……

田亩已荒芜了——
狼藉着犁翻了的土块，
与枯死的野草，
与杂在野草里的
腐烂了的禾根；

在广大的灰白里呈露出的
到处是一片土黄，暗赭，
与焦茶的颜色的混合啊……
——只有几畦萝卜，菜蔬
以披着白霜的
稀疏的绿色，
点缀着
这平凡，单调，简陋
与卑微的田野。

那些池沼毗连着，
为了久旱
积水快要枯涸了；
不透明的白光里
弯曲着几条淡褐色的
不整齐的堤岸；
往日翠茂的
水草和荷叶
早已沉淀在水底了；
留下的一些
枯萎而弯曲的枝杆，
呆然站立在
从池面徐缓地升起的水蒸气里……

山坡横陈在前面，

路转上了山坡，

并且随着它的起伏

而向下面的疏林隐没……

山坡上，

灰黄的道路的两旁，

感到阴暗而忧虑的

只是一些散乱的墓堆，

和快要被湮埋了的

黑色的石碑啊。

一切都这样地

静止，寒冷，而显得寂寞……

灰黄而曲折的道路啊！

人们走着，走着，

向着不同的方向，

却好像永远被同一的影子引导着，

结束在同一的命运里；

在无止的劳困与饥寒的前面

等待着的是灾难、疾病与死亡——

彷徨在旷野上的人们

谁曾有过快活呢？

然而

冬天的旷野

是我所亲切的——
在冷彻肌骨的寒霜上，
我走过那些不平的田塍，
荒芜的池沼的边岸，
和褐色阴暗的山坡，
步伐是如此沉重，直至感到困厄
——像一头耕完了土地
带着倦怠归去的老牛一样……

而雾啊——
灰白而混浊，
茫然而莫测，
它在我的前面
以一根比一根更暗淡的
电杆与电线，
向我展开了
无限的广阔与深邃……

你悲哀而旷达，
辛苦而又贫困的旷野啊……

没有什么声音，
一切都好像被雾窒息了；
只在那边

看不清的灌木丛里，
传出了一片
畏慑于严寒的
抖索着毛羽的
鸟雀的聒噪……

在那芦蒿和荆棘所编的篱围里
几间小屋挤聚着——
它们都一样地
以墙边柴木的凌乱，
与竹竿上垂挂的褴褛，
叹息着
徒然而无终止的勤劳；
又以凝霜的树皮盖的屋背上
无力地混合在雾里的炊烟，
描画了
不可逃避的贫穷……

人们在那些小屋里
过的是怎样惨淡的日子啊……
生活的阴影覆盖着他们……
那里好像永远没有白日似的，
他们和家畜呼吸在一起，
——他们的床榻也像畜棚啊；

而那些破烂的被絮，
就像一堆泥土一样的
灰暗而又坚硬啊……

而寒冷与饥饿，
愚蠢与迷信啊，
就在那些小屋里
强硬地盘据着……

农人从雾里
挑起篾箩走来，
篾箩里只有几束葱和蒜；
他的毡帽已破烂不堪了，
他的脸像他的衣服一样污秽，
他的冻裂了皮肤的手
插在腰束里，
他的赤着的脚
踏着凝霜的道路，
他无声地
带着扁担所发出的微响，
慢慢地
在蒙着雾的前面消失……

旷野啊——
你将永远忧虑而容忍

不平而又缄默么？

薄雾在迷蒙着旷野啊……

一九四〇年一月三日晨

树

一棵树，一棵树
彼此孤立地兀立着
风与空气
告诉着它们的距离

但是在泥土的覆盖下
它们的根伸长着
在看不见的深处
它们把根须纠缠在一起

一九四〇年春

解　冻

多少日子被严寒窒息着；
多少残留的生命，
在凝固着的地层里
发出了微弱的喘吁……
今天，接受了这温暖的抚慰，
一切冻结着的都苏醒了——
深山里的积雪呀，
溪涧里的冰层呀，
在这久别的阳光下
融化着，解裂着……
到处都润湿了，
到处都淋着水柱；
在这晴朗的早晨，
每一滴水
都得到了光明的召唤，
欣欣地潜入低洼处，
转过阴暗的角落，
沿着山脚

向平野奔流……

平野摊开着，
被由山峰所投下的黑影遮蔽着；
乌暗的土地，
铺盖着灰白的寒霜，
地面上浮起了一层白气，
它在向上升化着，升化着，
直到和那从群山的杂乱的岩石间
浮移着的云团混合在一起……
而太阳就从这些云团的缝隙
投下了金黄的光芒，
那些光芒不安定地
熠耀着平野边上的山峦，
和沿着山峦而曲折的江河。

于是
被从各处汇集拢来的水潮所冲激，
江水泛滥了——
它卷带着
从山顶崩下的雪堆，
和溪流里冲来的冰块，
互相拚击着，飘撞着，
发出碎裂的声音流荡着；
那些波涛

喧嚷着，拥挤着，
好像它们
满怀兴奋与喜悦
一边捶打着朽腐的堤岸，
一边倾泻过辽阔的平野，
难于阻拦地前进着，
经过那枯褐的树林，
带着可怕的洪响，
淘涌到那
闪烁着阳光的远方去了……

一九四〇年元月二十七日　湘南

愿春天早点来

我走出用纸糊满窗格的房子
站立在阴暗的屋檐下
看着田野

黄色的路
从门前经过
一直伸到天边

畏缩这严寒
对于远方的旅行
我踌躇了

而且
池沼依然凝结着冰层
山上依然闪着残雪的白光

而且
天依然是低沉

——明天恐怕还要下雪呢

于是，从我的心头
感到了
使我瑟缩的凉意

为了我的烦忧
我希望：
春天
它早点来

等路旁吐出一点绿芽时
我将穿上芒鞋
去寻觅温暖

一九四〇年元月

沙

太阳照着一片白沙

沙上印着我们的脚迹

我们走在江水的边沿

江水在风里激荡

我们呼叫着摆渡的过来

但呼声被风飘走了

一九四〇年二月十二日

山　城

无论哪条街的尽头
都看到一片山。
暗绿的山，灰青色的山，
环住这乌黑的，暗赭色的小城。

街道是石子铺成的，
一头牛踏着沉重的脚步
从街上走过。
街旁摊排着：葱，蒜，地瓜，
和雪白而肥胖的萝卜。

太阳也懒得爬山——
每天中午，它才从
天顶上出现。
其他的时间，
从这里过去的是：
雨，雾，和突如其来的狂风。

女人赤着脚缓慢地走过，
劳动的手像马铃薯一样垂着；
老人从木制的盒子里摸出烟草，
他们的手和脸像烟叶一样发皱而焦褐。

木板房也被柴烟
熏成焦茶色了。晚上
一个人从小巷出来，
黑暗里，松烛的火花
煊红了他诚朴的脸。

一九四〇年二月十二夜　湘南

岩　壁

万丈高的岩壁
耸立在江边，
遮去了半个天幕……

岩壁耸立着——
年月从它的下面流过；
地壳震动所崩坍的裂痕，
粗壮地刻划在它的上面，
那层层叠叠的
倾斜的缝隙间，
垂挂着无数被水冲流成的
红土的金黄的颜色，
灰白的颜色，
和滴漏而成的石乳，
和茸绿的苔藓，
以及千万种的寄生植物……
而壁面，被风雨所浸蚀，
已染成了紫色的、褐色的、酱色的，

奇异而富丽的花斑，
在那些花斑间，
强韧地繁殖着
挣着挺劲的枝桠的
是盖满茂密的叶丛的树木，
—— 无数以歌唱为生命的鸣禽，
栖息在那些葱郁的叶丛里；
在岩壁的巅顶
被着野草的红土丘上，
盘据着一株有百尺高的树干的
青苍的古松；
而那永不倦怠的鹰啊，
张开了它暗黑的翅翼，
徐缓地翔飞在暗空与古松之间，
不时地向空阔掷下了
欢快的呼啸……

万丈高的岩壁，
耸立在万里长的江边……

一九四〇年二月　夫夷江上

无　题

有时我也挑灯独立
爱和夜守住沉默
听风声狂啸于屋外
怀想一些远行人

一九四〇年二月

青色的池沼

青色的池沼，
长满了马鬃草；
透明的水底，
映着流动的白云……

平静而清澈……
像因时序而默想的
蓝衣少女，
坐在早晨的原野上。

当心呵——
脚蹄撩动着薄雾
一匹栗红色的马
在向你跳跃来了……

一九四〇年三月

山毛榉

春日的雷雨，
粗暴地摇撼着山毛榉；
春日的雷雨，
摇撼着我的心啊！

山毛榉，昂然举起了头，
在山野上飘起褐色的发，
感染了大地的爱与忧郁，
把根须攀缠住岩石与泥土；

欢喜沉默的
阳光与雾的朋友，
偶尔借风的语言
向山野披示痛苦；
历尽了冰霜与淫雨，
山毛榉慨然等待着霹雳的打击，

和那残酷的斧斤所带来的

伐木丁丁的声音……

一九四〇年春

鸫

不知你是站在屋背上呢
还是站在树枝上
把我从沉睡中唤醒
你的歌声清新而委婉
圆润如花瓣上的新露
悦耳如情人的话语
给我这阴暗的房子
流注了草木的香气
和温柔如乳液的晨光
我从困倦中欣然起来
向窗外寻觅你的影子
你却飞走了……

而在邻家的屋背上
又听见了你的歌声
你又在用你纯真的歌声
永远流滴着欢愉的歌声

去唤醒每个沉睡的灵魂

—— 被无报偿的劳作

压倒在卧榻上的人们……

一九四〇年春　湘南

土　地

像一根带子连着一根带子，
无数田塍接连着田塍……
长的，短的，粗的，细的，
一根纽结着一根，
平平地展开在地壳凹凸的表面，
伸张成不规则的褐色的网——
不整齐的田亩与池沼毗连着
缀成了颜色斑剥的图案；
紧随着季节与气候
以及困苦的手臂犁锄的操作
改变着每一片上面的颜色；
人类沿着网走成了路，
一条路连着一条路，
每一条路都通到无限去——
用脚步所织成的线络，
把千万颗心都纽结在一起；
从这里到天边，
从天边到这里，

幸运与悲苦呀，
哭泣与欢笑呀，
互相感染着，互相牵引着……
而且以同一的触角，
感触着同一的灾难，
——青青的血液沿着脉络，
密密地络住了它们乌黑的肉；
它们躺在那里
何等伸张自如啊……
被同一的阳光披盖着，
被同一的爱情灌溉着，
被同一的勤劳供养着……

一九四〇年四月十一日　湘南

月　光

把轻轻的雾撒下来
把安谧的雾撒下来
在褐色的地上敷上白光
月明的夜是无比的温柔与宽阔的啊

给我的灵魂以沐浴
我在寒冷的空气里走着
穿过那些石子铺的小巷
闻着田边腐草堆的气息

那些黑影是些小屋
困倦的人们都已安眠了
没有灯光　静静地
连鼾声也听不见

我走过它们面前
温柔地浮起了一种想望
我想向一切的门走去

我想伸手扣开一切的门

我想俯嘴向那些沉睡者
说一句轻微的话不惊醒他们
像月光的雾一样流进他们的耳朵
说我此刻最了解而且欢喜他们每一个人

一九四〇年四月十五日夜

矮小的松木林

矮小的松木林，
徘徊在黄昏旷野的
远处的山坡上，
天边微微发亮的云层
衬出它们黑色的褴褛；

可怜的松木林，
没有一条路可以
通到你们那儿去的；
连携斧的伐木者
都不曾看你们一眼。

被遗忘的松木林！
乞丐般的松木林！
谁来理睬你们呢？
只有我却欢喜你们：
—— 在我家乡的山背上
也有这样矮小的松木林啊 ……

初　夏

初夏的晴空，
绮丽而净洁；
晴空下的江水，
明亮而柔滑。

一切都如此调协——
碧蓝的天与软白的云层下
排列着一行行的松林，
松林的空隙处
现露着反映着阳光的绵亘的远山。

褐色的渡船，
停歇在江边
人们从船里
搬出了褐色的油饼[1]

江水戏逐着阳光

〔1〕油饼以油菜籽榨油后的残渣压成，可肥田。——作者自注

静静地流着……
从江边的树荫下
传出了勤劳的耕牛的
困倦的鸣声……

又是播谷鸟
叫起人们勤奋的季节了：
那单调而诚挚的呼唤，
从林间流向静空
又徘徊在水田与水田之间……

燕子——轻快的翅翼之
矫健的飞翔；
爱在速度里沉醉的
自由的眷慕者
在江水与晴空的空阔里浮升……
高耸的堤岸上
庞然的樟树的遮覆下，
斧斤的声音
铿锵地敲响了五月最初的日子，
那里，在木料与竹筒的狼藉间，
一些人们正在忙碌着修理
那呆然僵立在江边的暗褐的水车，
——它的破烂了的轮子，
已从去年冬季起
久久地停止了转运。

赌博的人们

在那些阴暗的城墙的脚边
在那些乌黑的居房的角上
无数赌博的人们蹲在一团
紧张地注视着输赢的决定

污秽，破烂，愚蠢而又狂热
摇摆着身体，攒动着头颅
胜利的呼喊，失望的咒骂
伴随着每一下铜钱落地的声音

那些女子抱了孩子站在旁边
蓬乱着头发瞪着眼看着下面
孩子已饿了，哭泣着又挣扎着
但她却入迷于她丈夫的输赢

蹲下又站起，站起又蹲下
又拍着大腿惊喜地大叫一声
涨红着脸张开着嘴紧张着

想把贫穷的命运一下转捩过来

输的又赢了，赢的又输了
不变的是污秽，破烂和愚蠢
到黄昏带着失望散开
一个个回到乌黑的居房

火　把

一、邀

“唐尼　时候到了
快点吧”

“李茵
你坐下
我梳一梳头
换一换衣
…………
你看我的头发
这么乱
　　我的梳子
　　哪儿去了？”

“你的梳子
刚才我看见的
它夹在《静静的顿河》里”

“啊　头发都打了结
以后我不再打篮球了

…… 今天下午
我沿着那小河回来
看见河边搁着
一个淹死了的伤兵
涨着肚子没有人去理会
…… 今天我一定要倒霉”

“唐尼　时候到了
快点吧”

“好　你别急
我换一换衣
—— 这制服又忘了烫
算了吧
反正在晚上
…… 李茵
你看我又胖了
这衣服真太紧
差点儿要挣破
前年在汉口
我也穿了这制服
参加游行的”

"快点吧　时候到了
别再说话"

"李茵　你真急
我还要擦一擦脸
这油光真讨厌 ——"

"你跑那边去找什么?
找什么? 唐尼!
　　你的粉盒
　　　　压在《大众哲学》上
　　你的口红
　　　　躺在《论新阶段》一起。"

"李茵! "

"快点吧　唐尼
七点三刻了"

"好
我穿好鞋子马上跑
到八点集合
来得及"

“我的鞋拔呢？”

“在你哥哥的照像的旁边”

“啊　哥哥
假如你还活着
今晚上
你该多么快活！”

“唐尼
今晚上
你真美丽”

“李茵
你再说我不去了”

“你不去也好
留在家里可以睡觉”

“好了　走吧
妈　你来把门闩上
今晚上
我很迟才回来”
（一个老迈的声音从里面传出）
“尼尼　孩子

今晚上天很黑
别忘了带电筒”

“不要　妈
今晚上
我带火把回来”

二、街　上

“今夜的电灯好像
特别亮　你看那街上
这么多人　这么多人！
好像被什么旋风刮出来的
哪儿来的这么多人？
这城市　哪儿来的
这么多人？他们
都到哪儿去？啊　是的
他们也去参加火炬游行……
那些工人　那些女工
那些店员　那些学生
那些壮丁　那些士兵
都来了　都来了
所有的人都来了
我们的校工也来了
我们的号兵也来了

那么多的旗　那么多的标语……
还有那些宣传画　那么大；
红的　白的　黄的　蓝的旗……
领袖们的肖像　被举在空中。
啊　看那边：还要多　还要多
他们跑起来了　都跑起来了，
有的赶不上了　落下了……
你看：那个黄脸的号兵
晃郎着号角气都喘不过来；
那些学生唱起歌来了：
　起来
　不愿做奴隶的人们……
他们跑得多么快啊
他们去远了　去远了……”

“唐尼　时间到了
我们到公共体育场去集合吧
我们赶快
从这小巷赶上去！”

三、会　场

“她们都到了　她们都到了
赖英的头上打了一个丝结
她们都到了　大家都到了

何慧芳的眼镜在发亮

大家都到了　连那些小的也来了

刘桃芬　康素琴　李娟

啊　你们都来了　我们迟了

我们迟了　我们是从小巷赶来的

台上的煤气灯

照得这会场像白天

你这制服哪儿做的?

同你的身体很合适

我的是前年在汉口做的

太紧了　小得叫人闷气

今晚倒还凉

毛英华

你的皮鞋擦得好亮

啊

那么多工人　那么多　你们看

每只手像一个木榔头

脸上是煤灰　像从烟囱里出来的

他们都瞪着眼在看什么?　他们

都张着嘴在等什么?　他们

都一动不动的在想什么?　他们

朝我们这边看了　朝我们这边看了

那些眼睛像在发怒的

像在发怒的看着我们

啊　我真怕他们那些眼睛

这边

这边全是学生　全是

那个胖家伙跌了跤了

你们看：写信给彭菲灵的

就是他

　　　　写信给邓健的

也是他

　　　听说他的体重有两百零五磅

　　　　　　　　　　　　　　真可怕

这是什么学校的

蠢样子　个个都那么呆

那个打旗的像要哭出来

他们乱了　前面的踏着后面的脚

我们退后面一点　排好

　　　　　　　　　　　李茵哪儿去了？

你看见李茵在哪里？

啊　看见了

　　　　　　　　　她和那抗宣队的在一起

为什么脸上显得那么忧愁

她又笑了　她来了……

李茵来！

　　　　　我和你一起！

他们也来了　他也来了
他为什么低着头　像在想着什么？
他也想什么？那么困苦的想什么？
他抬起头了　他在找……
他看见了　但他又把头低下去
他为什么低着头　像在想着什么？

李茵　你在这里等一下
我去看看他”

“克明　我和你说几句话
克明　你好么？”

“我很好——
你有什么话
请快点说吧”

“我不是要来和你吵架
我问你：
我写了三封信给你　你为什么不理？”

“唐尼　这几天
我正在忙着筹备今夜的大会
而且你的信
只说你有点头痛

只说讨厌这天气
对于这些事我有什么办法呢
而且我已不止劝过你一次……”

“而且
你正忙于交际呢！”

“什么意思？”

“这只有你自己最清楚。”
（人们在她和他之间走过
　　又用眼睛看看他们的脸）
“明天再好好谈吧
或者——我写一封长信给你
播音筒已在向台前说话”
　　（一个声音在空气中震动）
“开会！”

四、演　说

煤油灯从台上
发光　演说的人站在台上
向千万只耳朵发出宣言。
他的嘴张开　声音从那里出来
他的手举起　又握成拳头

他的拳头猛烈地向下一击
嘴里的两个字一齐落下：“打倒！”
他的眼睛在灯光下闪烁
像在搜索他所摹拟的敌人
他的声音慢慢提高
他的感情慢慢激昂
他的心像旷场一样阔宽
他的话像灯光一样发亮
无数的人群站在他的前面
无数的耳朵捕捉他的语言
这是钢的语言　矿石的语言
或许不是语言　是一个
铁锤拚打在铁砧上
也或许是一架发动机
在那儿震响　那声音的波动
在旷场的四周回荡
在这城市的夜空里回荡

这是电的照耀
这是火的煽动
这是煽起火焰的狂风
这是暴怒了的火焰
这是一种太沉重的捶击
每一下都捶在我们的心上

这是一阵雷从空中坠下
这是一阵暴风雨
吹刮过我们所站的旷场
这是一种可怕的预言
这是一种要把世界劈成两半的宣言
这是一种使旧世界流泪忏悔的力量

这不是语言　这是
一架发动机在鸣响
这是一个铁锤击落在铁砧上
这是矿石的声音
这是钢铁的声音
这声音像飓风
它要煽起使黑夜发抖的叛乱
听呵　这悠久而沉洪
喧闹而火烈的
群众的欢呼鼓掌的浪潮……

五、“给我一个火把”

火把从那里出来了
火把一个一个地出来了
数不清的火把从那边来了
美丽的火把
耀眼的火把

热情的火把

金色的火把

炽烈的火把

人们的脸在火光里

显得多么可爱

在这样的火光里

没有一个人的脸不是美丽的

火把愈来愈多了

愈来愈多了　愈来愈多了

火把已排成发光的队伍了

火把已流成红光的河流了

火光已射到我们这里来了

火光已射到我们的脸上了

你们的脸在火光里真美

你们的眼在火光里真亮

你们看我呀我一定也很美

我的眼一定也射出光彩

因为我的血流得很急

因为我的心里充满了欢喜

让我们跟着队伍走去

跟着队伍到那边去

到那火把出来的地方去

到那喷出火光的地方去

快些去　快些去　快去

去要一个火把……

"给我一个火把！"
"给我一个火把！"
"给我一个火把！"
你们看
我这火把
亮得灼眼啊……

这是火的世界……
这是光的世界……

六、火的出发

"火把的烈焰
赶走了黑夜"

把火把举起来
把火把举起来
把火把举起来
每个人都举起火把来
一个火把接着一个火把
无数的火把跟着火把走

慢慢地走整齐地走
一个紧随着一个

每个都把火把
举在自己的前面
让火光照亮我们的脸
照亮我们的
　　　　昨天是愁苦着
　　　　今天却狂喜着的脸
照亮我们的
　　　　每一个都像
　　　　基督一样严肃的脸
照亮我们的
　　　　昂起着的胸部
　　　　—— 那里面激荡着憎与爱的
　　　血液
照亮我们的脚
　　　　　即使脚踝流着血
　　　　　也不停止前进的脚
让我们火把的光
照亮我们全体
　　　　　没有任何的障碍
　　　　　可以阻拦我们前进的全体
照亮我们这城市
和它的淌流过正直人的血的街
照亮我们的街
和它的两旁被炸弹所摧倒的房屋
照亮我们的房屋

和它的崩坍了的墙
和狼藉着的瓦砾堆
让我们的火把
照亮我们的群众
挤在街旁的数不清的群众
挤在屋檐下的群众
站满了广场的群众
让男的　女的　老的　小的
都以笑着的脸
迎接我们的火把

让我们的火把
叫出所有的人
叫他们到街上来
让今夜
这城市没有一个人留在家里

让所有的人
都来加入我们这火的队伍

让卑怯的灵魂
腐朽的灵魂
发抖在我们火把的前面

让我们的火把

照出懦弱的脸
畏缩的脸

在我们火光的监视下
让犹大抬不起头来

让我们每个都成为帕罗美修斯
从天上取了火逃向人间
让我们的火把的烈焰
把黑夜摇坍下来
把高高的黑夜摇坍下来
把黑夜一块一块地摇坍下来

把火把举起来
把火把举起来
把火把举起来
每个人都举起火把来

七、宣传卡车

那被绳子牵着的
是汉奸
　　　那穿着长袍马褂
戴着瓜皮帽的
是操纵物价的奸商

那脸上涂了白粉
眉眼下垂　弯着红嘴的
是汪精卫
那女人似的笑着的
是汪精卫

那个鼻子下有一撮小胡子的
日本军官
搂着一个
中国农夫的女人
那个女人
像一头被捉住的母羊似的叫着又挣扎着
那军官的嘴
像饿了的狗看见了肉骨头似的
张开着
那个女人
伸出手给那军官一个巴掌
那个汪精卫
拉上了袖子
用手指指着那女人的鼻子
骂了几句
那个汪精卫
在那军官的前面跪下了
那个汪精卫
花旦似的

　　　　向那日本军官哭泣

那日本军官

　　　　拍拍他的头又摸摸他的脸

那个汪精卫

　　　　女人似的笑了

他起来坐在那军官的腿上

他给那军官摸摸须子

他把一只手环住了那军官的颈

他的另一只手拿了一块粉红色的手帕

他用那手帕给那军官的脸轻轻地抚摸

那军官的脸是被那女人打红了的

那军官就把他抱得紧紧地

那军官向那汪精卫要他手中的手帕

那军官在汪精卫涂了白粉的脸上香了一下

那汪精卫撒着娇

　　　　把那手帕轻轻地在日本军官的前面抖着

那日本军官一手把那手帕抢了去

那手帕上是绣着一个秋海棠叶的图案的

那军官张开血红的嘴

　　　　大笑着　大笑着

那军官从裤袋里摸出几张钞票

给那个汪精卫

那军官拍拍他的脸

又用嘴再在那脸上香了一下

四个中国兵　走拢来　走拢来
用枪瞄准他们
瞄准那个日本军官　瞄准奸商　汉奸
　瞄准汪精卫
在四个兵一起的
　　　　是工人　农人　学生
他们一齐拥上去
　　　　把那些东西扭打在地上
连那个女人都伸出了拳头
那个农夫又给那个跪着求饶的汪精卫猛烈的一脚
那个学生向着街旁的群众举起了播音筒
“各位亲爱的同胞！我们抗战已经三年！
敌人愈打愈弱　我们愈打愈强
只要大家能坚持抗战！坚持团结！
反对妥协　肃清汉奸
动员民众　武装民众
最后的胜利一定属于我们！”

八、队　伍

这队伍多么长啊　多么长
好像把这城市的所有的人都排列在里面
不　好像还要多　还要多
好像四面八方的人都已从远处赶来
好像云南　贵州　热河　察哈尔的都已赶来

好像东三省　蒙古　新疆　绥远的都已赶来
好像他们都约好今夜在这街上聚会
一起来排成队　看排起来有多么长
一起来呼喊　看叫起来有多么响
我们整齐地走着　整齐地喊
每人一个火把　举在自己的前面
融融的火光啊　一直冲到天上
把全世界的仇恨都燃烧起来
我们是火的队伍
我们是光的队伍

软弱的滚开　卑怯的滚开
让出路　让我们中国人走来
昏睡的滚开　打呵欠的滚开
当心我们的脚踏上你们的背
滚开去——垂死者　苍白者
当心你们的耳膜　不要让它们震破
我们来了　举着火把　高呼着
用霹雳的巨响　惊醒沉睡的世界

我们是火的队伍
我们是光的队伍

人愈走愈多　队伍愈排愈长
声音愈叫愈响　火把愈烧愈亮

我们的脚踏过了每一条街每一条巷
我们用火光搜索黑暗
把阴影驱赶
卫护我们前进

我们是火的队伍
我们是光的队伍

这队伍多么长啊　多么长
好像全中国的人都已排列在里面
我们走过了一条街又一条街
我们叫喊一阵又歌唱一阵
我们的声音和火光惊醒了一切

黑夜从这里逃遁了
哭泣在遥远的荒原

九、来

你们都来吧
你们都来参加
不论站在街旁
还是站在屋檐下

你们都来吧

你们都来参加
女人们也来
抱着小孩的也来

大家一起来
一起来参加
来喊口号　来游行
来举起火把

来喊口号　来游行
来举起融融的火把
把我们的愤怒叫出来
把我们的仇恨烧起来

十、散　队

我们已走遍了这城市的东南西北
我们已走遍了这城市的大街小巷
“李茵　我们已到这么远的地方。
现在我们得回去　队伍散了……
但是　你看　那些人仍旧在呼唱
他们都已在兴奋里变得癫狂
每个人都激动了　全身的血在沸腾
李茵　刚才火把照着你狂叫着的嘴
我真害怕　好像这世界马上要爆开似的

好像一切都将摧毁　连摧毁者自己也摧毁”

“唐尼　你看见的么　我真激动
好像全身的郁气都借这呼叫舒出了
唐尼　你的脸　也很异样
告诉我　唐尼
当那洪流般的火把摆荡的时候
你曾想起了什么？看见了什么？”

“李茵　那真是一种奇迹——
当我看见那火把的洪流摆荡的时候
的确曾想起了一种东西
看见了一种东西
一种完全新的东西
我所陌生的东西……”

十一、他不在家

“真的　李茵
你见到克明么
在那些走在前面的队伍里
你见到克明么
那些学生没有一刻是安静的
他们把口号叫得那么响
又把火把举得那么高
他们每个都那么高大　那么粗野

好像要把这长街

当做他们的运动场

火把照出他们的汗光

我真怕他们

他们好像已沿着这城墙走远……

但是　李茵

当队伍散开的时候

你见到克明么”

“他一定从那石桥回去了

这里离他住的地方

不是只要转一个弯么

我陪你去看他”

一〇三

一〇五

一〇七号——到了

“打门吧

（TA！ TA！ TA！）

他不在家”

十二、一个声音在心里响

“你在哪里？你在哪里？

这么大的地方哪儿去找你呢?
这么多的人怎能看到你呢?
这么杂乱的声音怎能叫你呢?

我举着火把来找你
你在哪里? 你在哪里?
今夜多么美　你在哪里?
你在哪里? 我的脸发烫
我的心发抖　你在哪里?

我举着火把来找你

你在哪里? 你在哪里?
这么多人没有一个是你
这么多火把过去都没有你
这么多火光照着的脸都不是你

我举着火把来找你

我要看见你! 我要看见你!
我要在火光里看见你……
我要用手指抚摸你的脸　你的发
我的这手指不能抚摸你一次么?

我举着火把来找你

无论如何　我要看见你啊
我要见你　听你一句话
只一句话：‘爱与不爱’
你在哪里？ 你在哪里？”

十三、那是谁

“唐尼　他来了
从十字街口那边转弯
来了。克明来了
你看　前额上闪着汗光
他举着火把走来了……”

“那是谁？ 那是谁？
和他一起走来的
那是谁？ 那穿了草绿色的裙装的
女子是谁？ 那头发短得像马鬃的
女子是谁？ 那大声地说着话的
又大声地笑着的女子是谁？
那走路时摇摆着身体的
女子是谁？ 那高高地挺起胸部的
女子是谁？

她在做什么？ 做什么？
她指手画脚地在做什么？

她在说什么？说什么？
她在和他大声地说着什么？
她在说什么？还是在辩论什么？
你听　她在说什么？那么响：

‘目前——我们的
工作——开展……
主观上的弱点——
正在克服……
目前——我们
激烈地批判——
残留着的
小资产阶级的
劣根性……
以及——妨碍工作的
恋爱……
受到了无情的
打击！
目前——我们的
工作——开展……’
他们走近来了……
他们走近来了……李茵——
我们——”

“唐尼　让我

向他们打招呼……”

“不要！
李茵　我头昏
我们从这小巷回去吧”

今夜　你们知道
谁的火把
最先熄灭了
又从那无力的手中
滑下？

十四、劝　一

“唐尼　我在火光里
看见了你的眼泪
唐尼　这样的夜
你不感到兴奋么　唐尼
唐尼　你不应该
在大家都笑着的时候哭泣
唐尼　爱情并不能医治我们
却只有斗争才把我们救起　唐尼
你应该记起你的哥哥
才五六年　你应该能够记起
唐尼　不要太渴求幸福

当大家都痛苦的时候
个人的幸福是一种耻辱　唐尼
唐尼　只要我们眼睛一睁开
就看见血肉模糊的一团……
假如你还有热情　还有人性
你难道忍心一个人去享乐？
我们有太多的事情要做
你怎么应该哭　唐尼
你要尊敬你的哥哥
为了他而敛起眼泪
唐尼　你是他的妹妹
如你都忘了他
谁还能记得他呢
唐尼　坐下来
在这河边坐下来
让我好好和你说……”

“李茵
请把你的火把
吹熄吧”

“好的——
我有火柴
随时可以点着它”

"这样
倒舒服些……"

十五、劝　二

"我还有好些事要告诉你……"

——《新约·约翰福音》十六章十二节

"唐尼　现在让我告诉你
我也是哭泣过的　两年前
我曾爱过一个军官
我们一起过了美满的一个月
但他却把我玩了又抛掉了
我曾哭过一个星期
你知道　我是一个人
从沦陷了的家乡跑出来的

（几个人举着火把
从她们前面过去……）

"认识我的人们
在我幸福时
他们妒忌我
在我不幸时
他们嘲笑我

假如我没有勇气抵抗那些
冷酷的眼和恶毒的嘴
我早已自杀了

“但我很快就把心冷静下来
—— 我不怨他　我们这年头
谁能怨谁呢　我只是
拚命看书 —— 我给你的那些书
都是那时买的。我变得很快
我很快就胖起来。完全像两个人
心里很愉快。我发现自己身上
好像有一种无穷的力。我非常
渴望工作。我热爱人生 ——

（几个人举着火把过去）

“生命应该是永远发出力量的机器
应该是一个从不停止前进的轮子
人生应该是
一种把自己贡献给群体的努力
一种个人与全体取得
调协的努力
…… 我们应该宝贵生命
不要把生命荒废

（几个人举着火把

从她们前面过去……）

“我很乐观　因为感伤并不能

把我们的命运改变　唐尼

我工作得很紧张。

我参加了一个团体——

唱歌　演戏　上街贴标语

给伤兵换药　给难民写信

打扫轰炸后的街　缝慰劳袋

我们的团体到过前线

我看见过血流成的小溪

看见过士兵的尸体堆成的小山

我知道了什么叫做‘不幸’

足足有一年　我们

在轰炸　突围　夜行军中度过

我生过疥疮　生过疟疾　生过轮癣

我淋过雨　饿过肚子　在湿地上睡眠

但我无论如何苦都觉得快乐

同志们对我很好　我才知道

世界上有比家属更高的感情

“那团体已被解散了　如今

大家都分散在不同的地方

唐尼　我正在打听他们的消息

我想挨过这学期——啊　那旅馆的

电灯一盏盏地熄了……

唐尼　请你记住这句话：

……

只有反抗才是我们的真理

唐尼　克明现在不是很努力么

一个人变坏容易变好难

你如果真的爱他　难道

应该去阻碍他么？

唐尼

你是不是真的欢喜他呢？

你欢喜他那样的白脸么？……”

十六、忏悔一

“不要谈起这些吧……

李茵　你的话我懂得。

我感谢你——没有人

曾像你这样帮助过我

李茵　我会好起来的

（几个人　举着火把

从她们前面过去……）

“本来　一个商人的女儿

会有什么希望呢？
而且我是在鸦片烟床上
长大的　五年前
我的父亲就要把我许给
一个经理的儿子　那时
我的哥哥刚死了半年。
我只知道哭　母亲和他吵，
过了几个月　他也死了。
他两个死了后
我家里就不再有快乐了。

“前年九月底　我和母亲
从汉口出来　在难民船上
认识了克明　他很殷勤
…… 不要说起这些吧
这都是我太年轻 ……
这都是我太安闲 ……
李茵　年轻人的敌人是
幻想 —— 它用虹一样的光彩
和皂泡一样的虚幻来迷惑你
我就是这样被迷惑的一个 ……

（几个人　举着火把
从她们前面过去 ……）

"李茵　这一夜
我懂得这许多
这一夜　我好像很清醒
我看见了许多　我更看见了
我自己——这是我从来都不曾看见过的

"我来在世界上已经十九个春天
这些年　每到春天　我便
常常流泪　我不知我自己
是怎么会到世界上来的
今天以前　我看这世界
随时都好像要翻过来
什么都好像要突然没有了似的
一个日子带给我一次悸动
生活是一张空虚的网
张开着要把我捕捉
所以我渴求着一种友谊
我将为它而感激一生……
我把它看做一辆车子
使我平安地走过
生命的长途
我知道我是错了……"

（几个人　举着火把
唱着歌

从她们前面过去……）

“唐尼　不要太信任‘友谊’二个字
而且　你说的‘友谊’也不会在恋爱中得到
不要把恋爱看得太神秘
现代的恋爱
女子把男子看做肉体的顾客
男子把女子看做欢乐的商店
现代的恋爱
是一个异性占有的遁词
是一个‘色情’的同义语。”

十七、忏悔二

“李茵
这世界太可怕了——
完全像屠场!
贪婪和自私
统治这世界
直到何时呢?”

“唐尼
人类会有光明的一天
‘一切都将改变’
那日子已在不远

只要我们有勇气走上去
你的哥哥就是我们的先驱……”

“我的哥哥是那么勇敢
他以自己的信仰决定一切
离开了家　在北方流浪
好几年都没有消息
连被捕时也没有信给家里
他是死在牢狱里的……

“而我
我太软弱了

（十几个人　每人举着火把
粗暴地唱着歌
从她们的前面过去……）

“这时代
不容许软弱的存在
这时代
需要的是坚强
需要的是铁和钢
而我——可怜的唐尼
除了天真与纯洁
还有什么呢？

“我的存在
像一株草
我从来不敢把‘希望’
压在自己的身上

“这时代
像一阵暴风雨
我在窗口
看着它就发抖
这时代
伟大得像一座高山
而我以为我的脚
和我的胆量
是不能越过它的

“但是　李茵　我的好朋友
我会好起来
李茵
你是我的火把
我的光明
—— 这阴暗的角落
除了你
从没有人来照射
李茵　我发誓

经了这一夜　我会坚强起来的

“李茵
假如我还有眼泪
让我为了忏悔和羞耻
而流光它吧

“李茵
——我怎么应该堕落呢
假如我不能变好起来
我愿意你用鞭子来打我
用石头来钉我！”

“唐尼
天真是没有罪过的。
我们认识虽只半年
但我却比你自己更多的了解你
我看见了‘危险’
已隐伏在你的前面。
它已向你打开黑暗的门
欢迎你进去
不　从你身上我看见了我自己
看见了全中国的姊妹
——我背几句诗给你：

‘命运有三条艰苦的道路

第一条　同奴隶结婚

第二条　做奴隶儿子的母亲

第三条　直到死做个奴隶

所有这些严酷的命运

罩住俄罗斯土地上的女人’

“我们是中国的女人

比俄国的更不如

我们从来没有勇气

改变我们自己的命运

难道我们永远不要改变么？

自己不改变　谁来给我们改变呢？

（在黑暗的深处

有几个女人过去

她们的歌声

撕裂了黑夜的苍穹：

‘感受不自由莫大痛苦

你光荣的生命牺牲

在我们坚苦的斗争中

英勇地抛弃了头颅……’）

“这一定是演剧队的那些女演员……

这声音真美……
唐尼　时候不早
我们该回去了”

“好　李茵
今晚我真清醒
今晚我真高兴。
明天起　我要
把高尔基的《母亲》先看完”

“等一等　唐尼
让我把火把点起
……
明天会”

（唐尼举着火把很快地走
突然　她回过头来悠远地叫着；）

“李茵
要不要我陪你回去？”
“不要——
有了火把
我不怕”
“好　那么再见
这火把给你。”

“那么…… 你自己呢？”

“我是走惯了黑路的——
谢谢你这火把……”

十八、尾　声

“妈！
开门吧”
（TA！ TA！ TA！）
“妈！
开门吧”
（TA！ TA！ TA！）

“妈！
开门吧”
（TA！ TA！ TA！）

“孩子
等一下
让我点了灯
天黑得很……”

“妈　你快呀

我带着火把来了”

“孩子
这火把真亮”

“妈　你拿着它
我来关门
你把火把
插在哥哥照像的前面”

（母亲上床　唐尼
呆呆地望着火把
慢慢地　她看定了
那死了五年的青年的照片：）

“哥哥　今夜
你会欢喜吧
你的妹妹已带回了火把
这火把不是用油点燃起来的
这火把　是她
用眼泪点燃起来的……”

“孩子
这火把真亮
照得房子都通红了

你打嚏了 —— 孩子冷了
怎么你的眼皮肿
—— 哭了？”

“没有。
今晚我很高兴
只是火把的光
灼得我难受 ……”

“孩子　别哭了
来睡吧
天快要亮了。”

一九四〇年五月一日 — 四日

“艾青体”诗的散文美

《火把》这首长篇叙事诗，讲述了革命青年唐尼、李茵、克明和唐尼哥哥四人在爱情和革命间徘徊的故事。诗中没有错综复杂的戏剧情节，没有惊心动魄的噱头卖点，但艾青认为《火把》“在形式上，在采用口语上，在写作方法上”都是全新的，“走的是诗人未曾到过的路”。

“散文是先天的比韵文美。口语是美的。”《火把》就是诗歌口语化、体现“诗的散文美”的一次写作实践。

《火把》是一首典型的自由体的诗，章无定段，段无定行，行无定字，不讲究押韵。而更灵活的韵律与更自由的句式，是与诗歌表达的情绪、思想息息相关的：出发前唐尼的娇气，集会时的热情，演讲时的慷慨，讨论中的沉思……不同的情绪、不同的思想，诗人选用与之相适应的更自由的诗行、音节和音韵来表达。诗人用思想的跌宕起伏、情绪的抑扬顿挫代替了传统诗歌音韵的节奏，摆脱了传统诗歌格律的束缚。

《火把》的语言充满了生活气息，富有人间情味，使我们感到无比亲切，独具“口语美”。第一章《邀》几乎全是李茵和唐尼的对话，以大量对话展开叙事内容，通过一系列生动形象的口语将唐尼这个在投入时代洪流之前囿于自我小天地的女性形象刻画得淋漓尽致。

《火把》中还大量运用了呼告、排比等修辞手法，加强作品的感染力，借助疑问、追问等问的形式，捕捉诗中人物的心理细节。请补充下面表格内容，加以体会。

手法	具体诗句	作用
呼告	“给我一个火把！” 把火把举起来 让我们火把的光 / 照亮我们全体 让所有的人 / 都来加入我们这火的队伍 ……	
排比		以排比叙述的方式集中抒发情感，使诗歌内容更集中，叙事条理更清晰，情感表达更强烈
多样的问法	这么大的地方哪儿去找你呢？/ 这么多的人怎能看到你呢？/ 这么杂乱的声音怎能叫你呢？ 你在哪里？你在哪里？/ 这么多人没有一个是你 / 这么多火把过去都没有你 除了天真与纯洁 / 还有什么呢？	

阅读《大堰河——我的保姆》《他死在第二次》《黎明的通知》《古罗马的大斗技场》等诗，从口语运用、韵律自由、修辞运用等方面进一步体会艾青诗歌“散文美”的特点，并与同学和老师交流感受。

群　众

电波在电线上鸣响，在静空中鸣响
像用两手按住十个二十个钢琴的音键
我的心里也常有使我自己震耳欲聋的声音
一直从里面冲出，鸣响在空中

一滴水常使我用惊叹的眼凝视半天
我的前面突然会涌现浩淼的大江
只要我的嘴一张开我就喘急
好像万人的呼吸都从这小孔出来

当我用手按着自己跳动的脉搏
我的心就被汹涌的血潮所冲荡
他们的痛苦与欲求和我如此纠缠不清——
他们的血什么时候流进了我的血管？

那边是什么——那么多，多么多……
无数的脚，无数的手，无数攒动的头颅……
在窗口，在街上，在码头上，在车站……

他们在做什么？想什么？愿望着什么？……

这是可怕的奇迹：当我此刻想起了
我已不复是自己，而是一个数字
这数字慢慢地蜕变着，庞大着
—— 直到使我愕然而痉挛

我静着时我的心被无数的脚踏过
我走动时我的心像一个哄乱的十字街口
我坐在这里，街上是无数的人群
突然我看见自己像尘埃一样滚在他们里面……

旷　野（又一章）

玉蜀黍已成熟得像火烧般的日子：
在那刚收割过的苎麻的田地的旁边，
一个农夫在烈日下
低下戴着草帽的头，
伸手采摘着毛豆的嫩叶。

静寂的天空下，
千万种鸣虫的
低微而又繁杂的大合唱啊，
奏出了自然的伟大的赞歌；
知了的不息聒噪
和斑鸠的渴求的呼唤，
从山坡的倾斜的下面
茂密的杂木里传来……

昨天黄昏时还听见过的
那窄长的峡谷里的流水声，
此刻已停止了；

当我从阴暗的林间的草地走过时，
只听见那短暂而急促的
啄木鸟用它的嘴
敲着古木的空洞的声音。

阳光从树木的空隙处射下来，
阳光从我们的手扪不到的高空射下来，
阳光投下了使人感激得抬不起头来的炎热
阳光燃烧了一切的生命，
阳光交付一切生命以热情；

啊，汗水已浸满了我的背；
我走过那些用鬈须攀住竹篱的
豆类和瓜类的植物的长长的行列，
（我的心里是多么羞涩而又骄傲啊）
我又走到山坡上了，
我抹去了额上的汗
停歇在一株山毛榉的下面——

简单而蠢笨
高大而没有人欢喜的
山毛榉是我的朋友，
我每天一定要来访问，
我常在它的阴影下
无言地，长久地，

看着旷野：
旷野——广大的，蛮野的……
为我所熟识
又为我所害怕的，
奔腾着土地、岩石与树木的
凶恶的海啊……

不驯服的山峦，
像绿色的波涛一样
横蛮地起伏着；
黑色的岩石，
不可排解地纠缠在一起；
无数的道路，
好像是互不相通
却又困难地扭结在一起；
那些村舍
卑微的，可怜的村舍，
各自孤立地星散着；
它们的窗户，
好像互不理睬
却又互相轻蔑地对看着；
那些山峰，
满怀愤恨地对立着；
远远近近的野树啊，
也像非洲土人的鬈发，

茸乱的鬈发，
在可怕的沉默里，
在莫测的阴暗的深处，
蕴藏着千年的悒郁。

而在下面，
在那深陷着的峡谷里，
无数的田亩毗连着，
那里，人们像被山岩所围困似的
宿命地生活着：
从童年到老死，
永无止息地弯曲着身体，
耕耘着坚硬的土地；
每天都流着辛勤的汗，
喘息在
贫穷与劳苦的重轭下……

为了叛逆命运的摆布，
我也曾离弃了衰败了的乡村，
如今又回来了。
何必隐瞒呢——
我始终是旷野的儿子。
看我寂寞地走过山坡，
缓慢地困苦地移着脚步，
多么像一头疲乏的水牛啊；

在我松皮一样阴郁的身体里，
流着对于生命的烦恼与固执的血液；
我常像月亮一样，
宁静地凝视着
旷野的辽阔与粗壮；
我也常像乞丐一样，
在暮色迷蒙时
谦卑地走过
那些险恶的山路；
我的胸中，微微发痛的胸中，
永远地汹涌着
生命的不羁与狂热的欲望啊！
而每天，
当我被难于抑止的忧郁所苦恼时，
我就仰卧在山坡上，
从山毛榉的阴影下
看着旷野的边际——
无言地，长久地，
把我的火一样的思想与情感
溶解在它的波动着的
岩石，阳光与雾的远方……

一九四〇年七月八日　四川

公　路

像那些阿美利加人
行走在加里福尼亚的大道上
我行走在中国西部高原的
新辟的公路上

我从那隐蔽在群山的峡谷里的
一个卑微的小村庄里出来
我从那阴暗的，迷蒙着柴烟的小瓦屋里出来
带着农民的耿直与痛苦的激情
奔上山去——
让空气与阳光
和展开在山下的如海洋一样的旷野
拂去我的日常的烦琐
和生活的苦恼
也让无边的明朗的天的幅员
以它的毫无阻碍的空阔
松懈我的长久被窒息的心啊……

绵长的公路
沿着山的形体
弯曲地，伏贴地向上伸引
人在山上慢慢地升高
慢慢地和下界远离

行走在大气的环绕里
似乎飘浮在半空
我们疲倦了
可以在一棵古树的根上
坐下休息
听山涧从巉岩间
奔腾而下
看鹰鹫与雕鸽
呼叫着又飞翔着
在我们的身边……

而背上负着煤袋的骡马队
由衣着褴褛的人们带引着
由倦怠的喝叱和无力的鞭打指挥着
凌乱地从这里过去
又转进了一个幽僻山峡里去
我们可以随着它们的步伐
揣摹着在那山峡里和衰败的古庙相毗连
有着一排制造着简陋的工业品的房屋

那些载重的卡车啊
带着愉快的隆隆之声而来
车上的货物颠簸着
那些年轻的人们
朝向我这步行者
扬臂欢呼
在这样的日子
即使他们的振奋
和我的振奋不是来自同一的原由
我的心也在不可抑制地激动啊

更有那些轻捷的汽车
挣着从金属的反射
所投射出来的白光之翅
陶醉在疾行的速度里
在山脉上
勇敢地飞驰
鼓舞了我的感情与想象
和它们比翼在空中

于是
我的灵魂得到了一次解放
我的肺腑呼吸着新鲜
我的眼瞳为远景而扩大
我的脚因欢忭而跛行在世界上

用坚强的手与沉重的铁锤所劈击
又用爆烈的炸药轰开了岩石
在万丈高的崖壁的边沿
以石块与泥土与水门汀
和成千成万的劳动者的汗
凝固成了万里长的道路
上面是天穹
—— 一片令人看了要昏眩的蓝色
下面是大江
不止地奔腾着江水
无数的乌暗的木船和破烂的布帆
几乎是静止地漂浮在水面上
从这里看去
渺小得只成了一些灰黯的斑点
人行走在高山之上
远离了烦琐与阴暗的住房
可怜的心，诚朴的心啊
终于从单纯与广阔
重新唤醒了
一个生命的崇高与骄傲 ——
即使我是一颗蚂蚁
或是一只有坚硬的翅膀的蚱蜢
在这样的路上爬行或飞翔
也是最幸福的啊 ……

今天，我穿着草鞋
戴着麦秆编的凉帽
行走在新辟的公路上
我的心因为追踪自由
而感到无限地愉悦啊
铺呈在我的前面的道路
是多么宽阔！多么平坦！
多么没有羁绊地自如地
向远方伸展——
我们可以清楚地看见
它向天的边际蜿蜒地远去
那么豪壮地络住了地面
当我在这里向四周凝望
河流，山丘，道路，村舍
和随处都成了美丽的丛簇的树林
无比调谐地浮现在大气里
竟使我如此明显地感到
我是站在地球的巅顶

一九四〇年秋

刈草的孩子

夕阳把草原燃成通红了。
刈草的孩子无声地刈草，
低着头，弯曲着身子，忙乱着手，
从这一边慢慢地移到那一边……

草已遮没他小小的身子了——
在草丛里我们只看见：
一只盛草的竹篓，几堆草，
和在夕阳里闪着金光的镰刀……

一九四〇年

篝 火

黄昏降落到我们的旷野，
快乐的火焰就升起了——
它在黝黑的树林下面，
闪耀着炫眼的红光……

白色的烟像夜间的雾，
迷漫了山谷和树林，
跟随着秋天晚上的风
徐缓地流散到远方……

在白烟的树林里，
在篝火的照耀里，
映着几个农夫和农妇
背负着收获物晚归的暗影。

一九四〇年八月二十日夜

播种者

—— 为鲁迅先生逝世四周年纪念而作

—— 流泪撒种的，必欢呼收割。

——《旧约·诗篇》

在贫瘠的土地上，
在荒漠的原野里，
曾经以辛勤的臂和温热的汗
垦殖而又灌溉，
把种子夹着希望播散的
你 —— 无比劬劳的园丁
远逝我们而长卧于泥土下
已经历了四个秋天了。

几十年如一日，
你以一个农民的朴直
爱护这片土地，
顽强的手也曾劈击过
万年的岩石和千年的荆棘；
又以凝聚着血滴的手指

带着悲哀的颤栗，
扶理过你亲手所培植的
被暴风雨的打击所摧折的
稚嫩的新苗；
使我们永远不能忘记的
那比慈母的心更温煦的，
是你的为夭折了的花朵而红润了眼眶的泪水。

坚信黑色的泥土必能耕耘，
坚信凡能生根的必会成长，
你没有哪一天
不以坚定的脚疾走在大地上，
你没有哪一天
不以有力的手
向广阔的田野挥舞……
（在你，工作的本身
就是最高的愉悦）
你永远耕耘，
永远播种，
——纵然你知道：
收获的不是你自己。

如今，
在你的脚迹所踏过的
广漠的土地上，

经历了数度的风霜雨雪，
你手栽的花木
已繁茂得翠绿成荫了；
而这为你所深爱的土地，
也以对于你耕耘的感激
滋长出遍野鲜美的绿苗，
而那无数的歌唱着的白鸟，
跳跃在为露水所润湿
为阳光所照耀的枝桠间，
它们一面在以不能言说的哀痛
悼惜你播种者的长逝？
一面却以流溢着欢快的歌队
预祝着即将来临的
果实累累的
收获的季节……

一九四〇年十月

古 松

你和这山岩一同呼吸一同生存
你比生你的土地显得更老
比山崖下的河流显得更老
你的身体又弯曲，又倾斜
好像载负过无数的痛苦
你的裂皱是那么深，那么宽
而又那么繁复交错
甚至蜜蜂的家属在里面居住
蚂蚁的队伍在里面建筑营房
而在你的丫杈间的洞穴里
有着胸脯饱满的鸽子的宿舍 ——
它们白天就成群地飞到河流对岸的平地上去
也有着尾巴像狗尾草似的松鼠的家
它们从你伸长着的枝丫
跳到另一棵比你年轻的松树上
比小鸟还要显得敏捷
你的头那样高高地仰着
风过去时，你发出低微的呻吟

一个捡柴的小孩站在下面向你看，
你显得多么高！
你的叶子同云翳掺和在一起
白云在你上面像是你的披发
一伙蚂蚁从你的脚跟到你的头上
是一次庄严的长途旅行
你的身体是铁质和砂石熔铸成的
用无比的坚强领受着风、雨、雷、电的打击
而每次阴云吹散后的阳光带给你微笑
你屹立在悬崖的上面像老人
你庇护这山岩，用关心注视我们的乡村；
你是美丽的——虽然你太苍老了。

少年行

像一只飘散着香气的独木船，
离开一个小小的荒岛；
一个热情而忧郁的少年，
离开了他的小小的村庄。

我不欢喜那个村庄——
它像一株榕树似的平凡，
也像一头水牛似的愚笨，
我在那里度过了我的童年；

而且那些比我愚蠢的人们嘲笑我，
我一句话不说心里藏着一个愿望，
我要到外面去比他们见识得多些，
我要走得很远——梦里也没有见过的地方：

那边要比这里好得多好得多，
人们过着神仙似的生活；
听不见要把心都舂碎的舂臼的声音，

看不见讨厌的和尚和巫女的脸。

父亲把大洋五块五块地数好，
用红纸包了交给我而且教训我！
而我却完全想着另外的一些事，
想着那闪着强烈的光芒的海港……

你多嘴的麻雀聒噪着什么——
难道你们不知我要走了么？
还有我家的老实的雇农，
你们脸上为什么老是忧愁？

早晨的阳光照在石板铺的路上，
我的心在怜悯我的村庄
它像一个衰败的老人，
站在双尖山的下面……

再见呵，我的贫穷的村庄，
我的老母狗，也快回去吧！
双尖山保佑你们平安无恙，
等我也老了，我再回来和你们一起。

秋天的早晨

在幽暗的山谷间
延河静静地流着
沿着山脚弯曲伸展
在田亩上放射银光

月亮已从山背回去
启明星闪耀在我们的山顶
四野响起雄鸡的晨唱
和接续的悠远的号声

秋天已沿着河岸来了——
披着稀薄的雾，带着微寒；
大豆萎黄了，荞麦枯焦了，
田亩上星散着收获物的堆积

金色的包谷米
铺在屋背的斜面上
从那边的磨房传出

齐匀的筛面的声音

农夫从打开的门里出来
脊背因劳苦而微微驼起
一边呛咳，一边扣着纽扣
缓慢地向畜棚走去

那肮脏而懒惰的猪突然跃起
从木栅里伸动它的鼻子
企望主人给它丰盛的早餐
用刺耳的尖叫表示欢喜

农夫却把关心放到驴子身上
因为它勤奋劳苦而又瘦削
他把昨晚为它切好的干草
和了豆壳倒进了石槽

于是他走到圆大的磨床旁边
用高粱秆扎的帚子扫着磨床
慢慢地抽完了一次旱烟之后
从屋檐上取下驴子的轭套

他又从屋里搬出一箩小米
快要溢出的是无数细小的金珠
伸出粗糙而干裂的手取了几颗

放到嘴里用黄色的大牙咬着

干脆的！ 太阳从山顶投下光芒
他驾好驴子，把小米倒上磨床
用力在驴子的股肉上一拍
把这金黄的日子辗动了……

长长的骡马队从土墙边过去
骡夫高声喝叱着，挥着鞭子
零乱而清新，铜铃在震响
那声音沿着河流慢慢远逝

这时候，在河流的彼岸
一个青年为清晨的大气所兴奋
在那悬崖的下面，迎着流水
唱着一支无比热情的歌曲

一九四一年十月四日

强盗和诗人

在我年轻的时候
我曾有一个幻想：
为了人间的混乱和不平
我想到群山里做一个强盗

我要向剥削人的去抢劫
戮杀欺侮弱者的恶棍
抗议袒护富人的法律
和犯罪的人们交往

在我所驰骋的地域上
没有寄生的王
也没有靠怜悯过活的乞丐
终止一切不合理的制度
每天在仗义的冒险里高歌

但是，现实解除了我的幻想
书籍毁去了我的健康

我终于爱上了流浪
让自己不安定的灵魂
彷徨在这陈腐的世界上

什么时候起
我被叫做“诗人”的？
想起来真要哭泣！
在巴拿斯山上我遗失了竹叶刀
拿叹息当歌唱
——一天一天地瘦萎

如今，我已临近青年的边界
平庸与安分向我装出鬼脸
但是——我要反叛啊！
旧世界依然激起我的愤恨

但愿“诗人”和“强盗”是朋友
当我已遗失了竹叶刀的时候
我要用这脱落了毛羽的鹅毛管
刺向旧世界丑恶的一切。

一九四一年十月三十日晨

时　代

我站立在低矮的屋檐下
出神地望着蛮野的山岗
和高远空阔的天空，
很久很久心里像感受了什么奇迹，
我看见一个闪光的东西
它像太阳一样鼓舞我的心，
在天边带着沉重的轰响，
带着暴风雨似的狂啸，
隆隆滚辗而来……

我向它神往而又欢呼！
当我听见从阴云压着的雪山的那面
传来了不平的道路上巨轮颠簸的轧响
我的心追赶着它，激烈地跳动着
像那些奔赴婚礼的新郎
——纵然我知道由它所带给我的
并不是节日的狂欢
和什么杂耍场上的哄笑，

却是比一千个屠场更残酷的景象，
而我却依然奔向它
带着一个生命所能发挥的热情。

我不是弱者 —— 我不会沾沾自喜，
我不是自己能安慰或欺骗自己的人
我不满足那世界曾经给过我的
—— 无论是荣誉，无论是耻辱
也无论是阴沉的注视和黑夜似的仇恨
以及人们的目光因它而闪耀的幸福
我在你们不知道的地方感到空虚
我要求更多些，更多些呵
给我生活的世界
我永远伸张着两臂
我要求攀登高山
我要求横跨大海
我要迎接更高的赞扬，更大的毁谤
更不可解的怨恨，和更致命的打击 ——
都为了我想从时间的深沟里升腾起来……

没有一个人的痛苦会比我更甚的 ——
我忠实于时代，献身于时代，而我却沉默着
不甘心地，像一个被俘虏的囚徒
在押送到刑场之前沉默着
我沉默着，为了没有足够响亮的语言

像初夏的雷霆滚过阴云密布的天空
抒发我的激情于我的狂暴的呼喊
奉献给那使我如此兴奋，如此惊喜的东西
我爱它胜过我曾经爱过的一切
为了它的到来，我愿意交付出我的生命
交付给它从我的肉体直到我的灵魂
我在它的前面显得如此卑微
甚至想仰卧在地面上
让它的脚像马蹄一样踩过我的胸膛

一九四一年十二月十六日晨

河边诗草（五首）

歌

像初升的阳光刺击着
我的心充塞着青春的欢乐啊！
我在山巅上唱着粗野的歌
唱着没有拍节的没有词句的歌
唱着一些从心里流出的自由的歌
我一边唱一边从山上飞奔而下
歌声像风一样愉快地飘扬

一个农夫从山脚上来
背了犁耙牵了一头母牛
年轻的母牛呵，要做母亲的母牛
奇怪啊，那母牛突然停住了脚步
朝向我睁着眼竖起了耳朵
听着我的粗野的歌

新　苗

那些焚烧树林的都离开此地了
他们遗留下荒凉让我们开垦
我们耕耘，我们碎土，我们播种，
用自己的汗水灌溉大豆与小麦

太阳依然照着我们的土地
雨露依然给我们滋润
如今我们的种子已从温暖里醒来
含着绿色的微笑露出在地面

呼　唤

从深幽的山谷里
又传出布谷鸟的殷勤的呼唤了：
“春雷响过了
雨也下过了
土地也松了
勤奋的人们呵
快快地播种吧……”

布谷鸟它看尽了中国农民的日常苦恼
也看见了辛勤所得的收获

永远落在懒惰的人们的手里
它的咽喉被泪水所润泽
歌声是悠远而充满抑郁

在江南，现在它又在呼唤了
“田里的水很多了
溪里的鱼都在跳跃了
连荠菜也长大了
忠实的人们呵
快快插秧吧……”　啊

羊　群

小小的绿色的斜坡上
布满了白色的柔和的羊群

它们的身体慢慢地移动
慢慢地涌着柔和的波浪

它们一边走一边吃草
静寂里发出细微而愉快的声音

羔羊在鸣叫母羊在应合
晴空里浸沐爱情

黄昏，阳光在它们的背上
披上了崭新的和平

旗

鲜艳的红色的方布上
缀着金色的斧头镰刀
被阳光浸浴着
被风吹拂着
旗，庄严地飘荡着
在亚洲的广阔的土地上

人类解放的信号
旧世界崩坍的标记
眼泪所栽培的欢笑
血所灌溉的花朵
旗，欣喜地飘荡着
在中国的古老的土地上

太阳的话

打开你们的窗子吧
打开你们的板门吧
让我进去，让我进去
进到你们的小屋里

我带着金黄的花束
我带着林间的香气
我带着亮光和温暖
我带着满身的露水

快起来，快起来
快从枕头里抬起头来
睁开你的被睫毛盖着的眼
让你的眼看见我的到来

让你们的心像小小的木板房
打开它们的关闭了很久的窗子

让我把花束，把香气，把亮光，
　温暖和露水撒满你们心的空间。

一九四二年一月十四日

河（一）

河流呀
你奔跑着又跳跃着
越过莽野又跌下崖壁
从不休息也不畏惧
你要到哪儿去呢？

我要到东方去——
那边有辽阔的海洋
有蛮野的波涛
有莫测的危险与深奥
有精疲力竭后的
月夜似的平静。

一九四二年二月一日

河（二）

沿着寒夜的河边
我听见河水哗哗地流着
好像一群喧闹的夜行者
一边行走，一边歌唱
它们在这冷寂的夜晚
从冰层的下面
不止地奔向远方……

一切都已入睡了
但河水依然兴奋地流着
经过广大的黑暗的地域
一直奔向黎明。

一九四二年二月二十七日

给太阳

早晨，我从睡眠中醒来，
看见你的光辉就高兴；
—— 虽然昨夜我还是困倦，
而且被无数的恶梦纠缠。

你新鲜，温柔，明洁的光辉，
照在我久未打开的窗上，
把窗纸敷上浅黄如花粉的颜色，
嵌在浅蓝而整齐的格影里。

我心里充满感激，从床上起来，
打开已关了一个冬季的窗门，
让你把金丝织的明丽的台巾，
铺展在我临窗的桌子上。

于是，我惊喜地看见你：
这样的真实，不容许怀疑，
你站立在对面的山巅，

而且笑得那么明朗——
我用力睁开眼睛看你，
渴望能捕捉你的形象——
多么强烈！多么恍惚！多么庄严
你的光芒刺痛我的瞳孔。

太阳啊，你这不朽的哲人，
你把快乐带给人间，
即使最不幸的看见你，
也在心里感受你的安慰。

你是时间的锻冶工，
美好的生活的镀金匠；
你把日子铸成无数金轮，
飞旋在古老的荒原上……

假如没有你，太阳，
一切生命将匍匐在阴暗里，
即使有翅膀，也只能像蝙蝠
在永恒的黑夜里飞翔。

我爱你像人们爱他们的母亲，
你用光热哺育我的观念和思想——
使我热情地生活，为理想而痛苦，
直到我的生命被死亡带走。

经历了寂寞漫长的冬季，
今天，我想到山巅上去，
解散我的衣服，赤裸着，
在你的光辉里沐浴我的灵魂……

黎明的通知

为了我的祈愿
诗人啊，你起来吧

而且请你告诉他们
说他们所等待的已经要来

说我已踏着露水而来
已借着最后一颗星的照引而来

我从东方来
从汹涌着波涛的海上来

我将带光明给世界
又将带温暖给人类

借你正直人的嘴
请带去我的消息

通知眼睛被渴望所灼痛的人类
和远方的沉浸在苦难里的城市和村庄

请他们来欢迎我——
白日的先驱，光明的使者

打开所有的窗子来欢迎
打开所有的门来欢迎

请鸣响汽笛来欢迎
请吹起号角来欢迎

请清道夫来打扫街衢
请搬运车来搬去垃圾

让劳动者以宽阔的步伐走在街上吧
让车辆以辉煌的行列从广场流过吧

请村庄也从潮湿的雾里醒来
为了欢迎我打开它们的篱笆

请村妇打开她们的鸡埘
请农夫从畜棚牵出耕牛

借你的热情的嘴通知他们
说我从山的那边来，从森林的那边来

请他们打扫干净那些晒场
和那些永远污秽的天井

请打开那糊有花纸的窗子
请打开那贴着春联的门

请叫醒殷勤的女人
和那打着鼾声的男子

请年轻的情人也起来
和那些贪睡的少女

请叫醒困倦的母亲
和她身旁的婴孩

请叫醒每个人
连那些病者与产妇

连那些衰老的人们
呻吟在床上的人们

连那些因正义而战争的负伤者
和那些因家乡沦亡而流离的难民

请叫醒一切的不幸者

我会一并给他们以慰安

请叫醒一切爱生活的人
工人，技师以及画家

请歌唱者唱着歌来欢迎
用草与露水所掺合的声音

请舞蹈者跳着舞来欢迎
披上她们白雾的晨衣

请叫那些健康而美丽的醒来
说我马上要来叩打她们的窗门

请你忠实于时间的诗人
带给人类以慰安的消息

请他们准备欢迎，请所有的人准备欢迎
当雄鸡最后一次鸣叫的时候我就到来

请他们用虔诚的眼睛凝视天边
我将给所有期待我的以最慈惠的光辉

趁这夜已快完了，请告诉他们
说他们所等待的就要来了

太阳的歌者

诗人在《给太阳》中说："我爱你像人们爱他们的母亲，/ 你用光热哺育我的观念和思想 ——"

在《太阳的话》中，诗人化身太阳："让我把花束，把香气，把亮光，/ 温暖和露水撒满你们心的空间。"

在动荡、黑暗的岁月，艾青虔诚地爱着光明、期待着光明。"太阳"成为艾青构建诗歌意象世界的母体框架，以"太阳"为核心，诗人不断拓展出"光芒""火焰""黎明"等意象系列。

意象		相关作品
核心意象	太阳	
延伸意象	光芒类	
	火焰类	
	黎明类	

在中国大地漫长的苦难岁月中，诗人以他那"农民的耿直与痛苦的激情"爱着这片国土。黑暗长久地笼罩着这片土地，诗人的心也在深沉的忧郁中辗转。然而，这种忧郁不是颓废与无力，他一直坚定地抱着对未来、对光明的向往和信心。"太阳"意象系列就是艾青在清晰

认识到现实的基础上，极力向往与构建的一个理想世界。纵观艾青诗歌，苦难和光明总是出现在一起，凡是在挖掘苦难之时，希望与光明总会被热切地祈盼着。

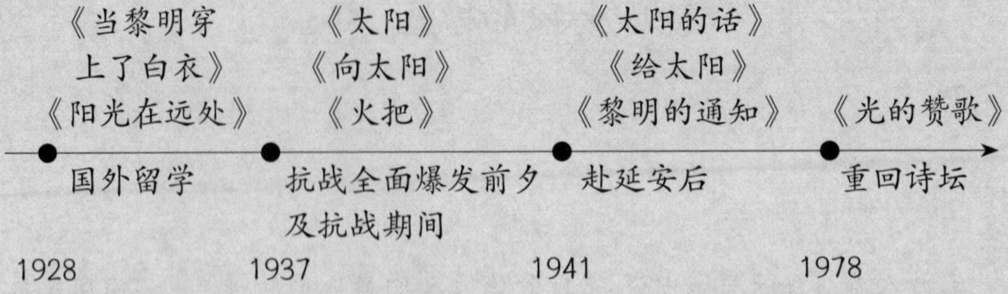

文学史家唐弢曾对艾青诗歌中系列意象的逻辑顺序与变化轨迹做过清晰描绘，同学们可在阅读诗歌的过程中细心体会：

“土地”意象（象征祖国、人民）—“太阳”意象（象征光明、理想）—“海洋”意象（象征拼搏、奋斗）—“太阳”意象（象征终极的理想社会）。

风的歌

我是季候的忠实的使者
报告时序的运转与变化
奔忙在世界上

寂静的微寒的二月
我从南方的森林出发
爬上险峻的山峰
走过潮湿的山谷
渡过湖沼与江河
带着温暖与微笑
沿途唤醒沉睡的生物

山巅的积雪溶化了
结冰的河流解冻了
黑色的土地吐出绿色的嫩芽
百鸟在飘动的树枝上歌唱
忧愁从人们脸上消失
含笑的眼睛

看着被阳光照射的田野
布谷鸟站在山岩上
一阵阵一阵阵地叫唤
殷勤地催促着农人
把土地翻耕
把河水灌溉
向田亩播撒种子

晴朗的发光的五月
我徘徊在山谷和田野
河流因我的跳跃激起波浪
池沼因我的漫步浮起皱纹
午后，我疾行在悬崖的边沿
晚上，我休息在森林

我是云的牧人
带领羊群一样的白云
放牧在碧蓝的晴空
从上空慢慢移行
阴影停留在旷野

我是雨的引路人
当大地为久旱所焦灼
我被发怒的乌云推拥
带着急喘，匆忙地

跃上山崖、跳下平野，
疾驰在闪电、雷、雨的前面
拍击着门窗，向人们呼喊：
“大雷雨要来了！
大雷雨要来了！”

成熟的丰盛的八月
挂满稻草的杉树林里
在草堆上微睡之后
走过收割了的田亩
到山脚下的乡村
裹着头巾的农妇
向我发出欢呼
当她们在广场上
高高地举起筛子
摆动风车的扇柄
我就以我的敏捷
帮助这些勤奋的人
把谷壳和米糠吹散出来

起雾和下雨的日子
我走在阴凉的大气里
自然在极度的繁华之后
已临到了厌倦
曾经美丽的东西

都已变成枯萎

飞鸟合上翅膀

鸣虫停止叫唤

我含着伤感

摇落树上欲坠的残叶

打扫枯枝狼藉的院子

推倒被秋雨淋成乌黑的篱笆

挨家挨户督促贫苦的人们

赶快更换屋背上的茅草

上山砍伐冬季的燃料

因为我知道，对于他们

更坏的日子还在后面

阴暗的忧郁的十一月

带着寒冷的雨滴

我离开遥远的北方

有时，在黄昏

穿过荒凉的旷野

我走近一家茅屋

从窗户向里面窥探

一个农夫和他的妻子

对着刚点亮的油灯

为不曾缴纳税租而愁苦

一听见外面有了声音

就突然打了一个寒噤

当我从摩天的山岭经过
盲眼的老人跟我下来
他是季候的掘墓人
以嫉妒为食粮
以仇恨为饮料
他的嘘息侵进我的灵魂
自从他和我同路以来
我就不再有愉快了
我抖索着，牵着他枯干的手
慢慢地从山上走下平原
沿着我来的路向南方移行
四周，看不见人影和兽迹
万物露出惨愁的样子
这个老人！ 他一边扶着我
一边用痉挛的手摸索
他的手指所触到的东西
都起了一阵可怕的寒颤
他的脚一伸到河流
河水就成了僵冻
他睁着灰白无光的眼睛
不断地从嘴里吐出咒语：
“大地死了 …… 大地死了 ……”
于是他散播着雪片

抛掷着雪团
用一层厚厚的白雪
裹住大地的尸身
当我极目远望时
我也不禁伏倒在山岩上啜泣……

尾　声

等一切生物经过长期的坚忍
经过悠久的黑暗与寒冷的统治
我又从南方海上的一个小岛起程
站在那第一只北航的船的布帆后面
带着温暖和燕子、欢快和花朵
唱着白云的柔美的歌
为金色的阳光所护送
向初醒的大地飞奔……

一九四二年九月六日

献给乡村的诗

我的诗献给中国的一个小小的乡村 ——
它被一条山岗所伸出的手臂环护着。
山岗上是年老的常常呻吟的松树；
还有红叶子像鸭掌般撑开的枫树；
高大的结着戴帽子的果实的榉子树
和老槐树，主干被雷霆劈断的老槐树；
这些年老的树，在山岗上集成树林，
荫蔽着一个古老的乡村和它的居民。

我想起乡村边上澄清的池沼 ——
它的周围密密地环抱着浓绿的杨柳，
水面浮着菱叶、水葫芦叶、睡莲的白花。
它是天的忠心的伴侣，映着天的欢笑和愁苦；
它是云的梳妆台，太阳、月亮、飞鸟的镜子；
它是群星的沐浴处，水禽的游泳池；
而老实又庞大的水牛从水里伸出了头，
看着村妇蹲在石板上洗着蔬菜和衣服。

我想起乡村里那些幽静的果树园——
园里种满桃子、杏子、李子、石榴和林檎，
外面围着石砌的围墙或竹编的篱笆，
墙上和篱笆上爬满了茑萝和纺车花：
那里是喜鹊的家，麻雀的游戏场；
蜜蜂的酿造室，蚂蚁的堆货栈；
蟋蟀的练音房，纺织娘的弹奏处；
而残忍的蜘蛛偷偷地织着网捕捉蝴蝶。

我想起乡村路边的那些石井——
青石砌成的六角形的石井是乡村的储水库，
汲水的年月久了，它的边沿已刻着绳迹。
暗绿而濡湿的青苔也已长满它的周围，
我想起乡村田野上的道路——
用卵石或石板铺的曲折窄小的道路，
它们从乡村通到溪流、山岗和树林，
通到森林后面和山那面的另一个乡村。

我想起乡村附近的小溪——
它无日无夜地从远方引来了流水
给乡村灌溉田地、果树园、池沼和井，
供给乡村上的居民们以足够的饮料；
我想起乡村附近小溪上的木桥——
它因劳苦消瘦得只剩了一副骨骼，
长年地赤露着瘦长的腿站在水里，

让村民们从它驼着的背脊上走过。

我想起乡村中间平坦的旷场——
它是村童们的竞技场，角力和摔跤的地方，
大人们在那里打麦，掼豆，扬谷，筛米……
长长的横竹竿上飘着未干的衣服和裤子；
宽大的地席上铺晒着大麦、黄豆和荞麦；
夏天晚上人们在那里谈天、乘凉，甚至争吵，
冬天早晨在那里解开衣服找虱子、晒太阳；
假如一头牛从山崖跌下，它就成了屠场。

我想起乡村里那些简陋的房屋——
它们紧紧地挨挤着，好像冬天寒冷的人们，
它们被柴烟薰成乌黑，到处挂满了尘埃，
里面充溢着女人的叱骂和小孩的啼哭；
屋檐下悬挂着向日葵和萝卜的种子，
和成串的焦红的辣椒，枯黄的干菜；
小小的窗子凝望着村外的道路，
看着山峦以及远处山脚下的村落。

我想起乡村里最老的老人——
他的须发灰白，他的牙齿掉了，耳朵聋了，
手像紫荆藤紧紧地握着拐杖，
从市集回来的村民高声地和他谈着行情；
我想起乡村里最老的女人——

自从一次出嫁到这乡村，她就没有离开过，
她没有看见过帆船，更不必说火车、轮船，
她的子孙都死光了，她却很骄傲地活着。

我想起乡村里重压下的农夫——
他们的脸像松树一样发皱而阴郁，
他们的背被过重的挑担压成弓形，
他们的眼睛被失望与怨愤磨成混沌；
我想起这些农夫的忠厚的妻子——
她们贫血的脸像土地一样灰黄，
她们整天忙着磨谷、舂米，烧饭，喂猪，
一边纳鞋底一边把奶头塞进婴孩啼哭的嘴。

我想起乡村里的牧童们，
想起用污手擦着眼睛的童养媳们，
想起没有土地没有耕牛的佃户们，
想起除了身体和衣服之外什么也没有的雇农们，
想起建造房屋的木匠们、石匠们、泥水匠们，
想起屠夫们、铁匠们、裁缝们，
想起所有这些被穷困所折磨的人们——
他们终年劳苦，从未得到应有的报酬。

我的诗献给乡村里一切不幸的人——
无论到什么地方我都记起他们，
记起那些被山岭把他们和世界隔开的人，

他们的性格像野猪一样，沉默而凶猛，
他们长久地被蒙蔽，欺骗与愚弄；
每个脸上都隐蔽着不曾爆发的愤恨；
他们衣襟遮掩着的怀里歪插着尖长快利的刀子，
那藏在套里的刀锋，期待着复仇的来临。

我的诗献给生长我的小小的乡村——
卑微的，没有人注意的小小的乡村，
它像中国大地上的千百万的乡村。
它存在于我的心里，像母亲存在儿子心里。
纵然明丽的风光和污秽的生活形成了对照，
而自然的恩惠也不曾弥补了居民的贫穷，
这是不合理的：它应该有它和自然一致的和谐：
为了反抗欺骗与压榨，它将从沉睡中起来。

一九四二年九月七日

五十年代

给乌兰诺娃

——看芭蕾舞“小夜曲”后作

像云一样柔软，
像风一样轻，
比月光更明亮，
比夜更宁静——
人体在太空里游行；

不是天上的仙女，
却是人间的女神，
比梦更美，
比幻想更动人——
是劳动创造的结晶。

三株小杉树

年轻的杉树长满了嫩芽
嫩得好像要滴下水来
园里的草地露水很重
人走进的时候鞋子都湿了

早上的阳光照在露珠上
每颗露珠都在发亮
我摘了一个杉树的果子
手上沾满了果子的芳香

一九五四年七月

一个黑人姑娘在歌唱

在那楼梯的边上，
有一个黑人姑娘，
她长得十分美丽，
一边走一边歌唱……

她心里有什么欢乐？
她唱的可是情歌？
她抱着一个婴儿，
唱的是催眠的歌。

这不是她的儿子，
也不是她的弟弟；
这是她的小主人，
她给人看管孩子；

一个是那样黑，
黑得像紫檀木；
一个是那样白，

白得像棉絮；

一个多么舒服，
却在不住地哭；
一个多么可怜，
却要唱欢乐的歌。

一九五四年七月十七日　里约热内卢

礁　石

一个浪，一个浪，
无休止地扑过来，
每一个浪都在它脚下
被打成碎沫、散开……

它的脸上和身上
像刀砍过的一样
但它依然站在那里
含着微笑，看着海洋……

一九五四年七月二十五日

珠　贝

在碧绿的海水里
吸取太阳的精华
你是虹彩的化身
璀璨如一片朝霞

凝思花露的形状
喜爱水晶的素质
观念在心里孕育
结成了粒粒珍珠

一九五四年七月二十五日

在智利的海岬上

——给巴勃罗·聂鲁达

让航海女神
守护你的家

她面临大海
仰望苍天
抚手胸前
祈求航行平安

一

你爱海，我也爱海
我们永远航行在海上

一天，一只船沉了
你捡回了救命圈
好像捡回了希望
风浪把你送到海边
你好像海防战士

驻守着这些礁石

你抛下了锚
解下了缆索
回忆你所走过的路
每天瞭望海洋

二

巴勃罗的家
在一个海岬上
窗户的外面
是浩淼的太平洋

一所出奇的房子
全部用岩石砌成
像小小的碉堡
要把武士囚禁

我们走进了
航海者之家
地上铺满了海螺
也许昨晚有海潮

已经残缺了的

木雕的女神
站在客厅的门边
像女仆似的虔诚

阁楼是甲板
栏杆用麻绳穿连
在扶梯的边上
有一个大转盘

这些是你的财产：
古代帆船的模型
褐色的大铁锚
中国的大罗盘
（最早的指南针）
大的地球仪
各式各样的烟斗
和各式各样的钢刀

意大利农民送的手杖
放在进门的地方
它陪伴一个天才
走过了整个世界

米黄色的象牙上
刻着年轻的情人

穿着乡村的服装
带着羞涩的表情
像所有的爱情故事
既古老而又新鲜

手枪已经锈了
战船也不再转动
请斟满葡萄酒
为和平而干杯！

三

房子在地球上
而地球在房子里

壁上挂了一顶白顶的
　　黑漆遮阳的海员帽子
好像这房子的主人
今天早上才回到家里

我问巴勃罗：
“是水手呢？
还是将军？”
他说：“是将军，
你也一样；

不过，我的船
已失踪了，
沉落了……”

四

你是一个船长，
还是一个海员？
你是一个舰队长，
还是一个水兵？
你是胜利归来的人，
还是战败了逃亡的人？
你是平安的停憩，
还是危险的搁浅？
你是迷失了方向，
还是遇见了暗礁？

都不是，都不是。
这房子的主人
是被枪杀了的洛尔伽的朋友
是受难的西班牙的见证人
是一个退休了的外交官
不是将军。

日日夜夜望着海

听海涛像在浩叹
也像是嘲弄
也像是挑衅

巴勃罗·聂鲁达
面对着万顷波涛
用矿山里带来的语言
向整个旧世界宣战

五

在客厅门口上面
挂了救命圈
现在船是在岸边
你说："要是船沉了
我就戴上了它
跳进了海洋。"

方形的街灯
在第二个门口
这样，每个夜晚
你生活在街上

壁炉里火焰上升
今夜，海上喧哗

围着烧旺了的壁炉
从地球的各个角落来的
　　十几个航行的伙伴
喝着酒，谈着航海的故事

我们来自许多国家
包括许多民族
有着不同的语言
但我们是最好的兄弟

有人站起来
用放大镜
在地图上寻找
没有到过的地方

我们的世界
好像很大
其实很小
在这个世界上
应该生活得好

明天，要是天晴
我想拿铜管的望远镜
向西方瞭望
太平洋的那边

是我的家乡
我爱这个海岬
也爱我的家乡

这儿夜已经很深
初春的夜晚多么迷人

六

在红心木的桌子上
有船长用的铜哨子

拂晓之前，要是哨子响了
我们大家将很快地爬上船缆
张起船帆，向海洋起程
向另一个世纪的港口航行……

一九五四年七月二丨四日晚初稿

一九五六年十二月十一日整理

写在彩色纸条上的诗

——为年轻的人们而写，记苏联
第十三届青年联欢晚会

一

绿色的纸条给你
红色的纸条给我
让我们拴在一起
唱一个快乐的歌

到那边树林里去吧
在树林里有野火
光从树叶里射出来
里面有人在唱歌

那歌声呀实在美
像一条林间的小河
它永远也唱不完
流注着无限的欢乐

二

你的鼻子像百合
你的嘴唇像花瓣
请摘下绸制的假面
让我看看你的眼睛

眼睛是灵魂的窗子
从它们看见你的心
你的眼睛是纯朴的
你有一颗纯朴的心

三

你有你的依林娜
我有我的娜塔莎
你们要到河边去
而我们却更爱树林

我们游憩在树林里
生活比传说更美丽
蓝色的灯、红色的灯
使树林充满了神秘

四

让我和你跳一个舞
跳一个像风一样轻的舞
跳一个使裙子旋转的舞
跳一个青春的舞、热烈的舞

明天，当太阳上升的时候
我们将穿过露水的草地
你进你的课堂
我进我的工厂

五

和平像一片蓝天
和平像一片绿茵
而时间啊是蜜酒
我们是喝蜜酒的人

和平是你的
也是我的
是我们大家的
谁也不能碰的

六

欢乐不是钱买的
欢乐坐着智慧的小艇
现在我们是在河里
我们在欢乐中前进

莫斯科的秋天多么美
秋天的夜晚更是迷人
树枝投下了最初的落叶
空气像是冰镇过的果汁

一九五四年八月二十八日晚　莫斯科

小蓝花

小小的蓝花
开在青色的山坡上
开在紫色的岩石上

小小的蓝花
比秋天的晴空还蓝
比蓝宝石还蓝

小小的蓝花
是山野的微笑
寂寞而又深情

一九五六年

启明星

属于你的是
光明与黑暗交替
黑夜逃遁
白日追踪而至的时刻

群星已经退隐
你依然站在那儿
期待着太阳上升

被最初的晨光照射
投身在光明的行列
直到谁也不再看见你

一九五六年八月

下雪的早晨

雪下着，下着，没有声音，
雪下着，下着，一刻不停，
洁白的雪，盖满了院子，
洁白的雪，盖满了屋顶，
整个世界多么静，多么静。

看着雪花在飘飞，
我想得很远，很远，
想起夏天的树林，
树林里的早晨，
到处都是露水，
太阳刚刚上升，
一个小孩，赤着脚，
从晨光里走来，
他的脸像一朵鲜花，
他的嘴发出低低的歌声，
他的小手拿着一根竹竿，

他仰起小小的头，
那双发亮的眼睛，
透过浓密的树叶
在寻找知了的声音……

他的另一只小手，
提了一串绿色的东西，
——一根很长的狗尾草，
结了蚂蚱、金甲虫和蜻蜓，
这一切啊，
我都记得很清。

我们很久没有到树林里去了，
那儿早已铺满了落叶，
也不会有什么人影；
但我一直都记着那个小孩，
和他的很轻很轻的歌声，
此刻，他不知在哪间小屋里。

看着不停地飘飞着的雪花，
或许想到树林里去抛雪球，
或许想到湖上去滑冰，
他决不会知道

有一个人想着他，

就在这个下雪的早晨。

一九五六年十一月十七日

多样化的修辞

艾青在《诗论》里这样阐述技巧的重要性：“没有技巧的诗人像什么呢——没有翅膀的鸟，永远只会可怜地并着双脚急跳；没有轮子的车辆，要人家背了它才走的。”他追求写作技巧——特别是修辞手法的多样化，让诗歌充溢着一种修辞之美。

排比和反复。排比是三个或三个以上的结构相同或相似的句子排列在一起，反复是同一语句连续出现或间隔出现。诗人将这两种手法综合运用，呈现出极佳的艺术效果。如《大堰河——我的保姆》第八节，这一节的开头句和结尾句是“大堰河，深爱着她的乳儿”的反复，中间是两组排比，一组以“为了他”开头，一组以“大堰河”开头。由于反复和排比的综合使用，我们读起来感受到的不仅是大堰河对她乳儿的深厚的爱，也有诗人对大堰河的浓得化不开的爱！

比喻。艾青的诗歌里有着丰富的比喻，例如《给乌兰诺娃》的第一节：“像云一样柔软，/像风一样轻，/比月光更明亮，/比夜更宁静——/人体在太空里游行。”诗人用云、风、月光、夜比拟舞姿之柔软、轻盈、明亮、宁静，生动地写出身体和舞蹈之美，营造出一种优美宁静、轻盈娴雅的舞蹈意境。

对比。艾青善于用对比来制造强烈的反差，从而揭示深刻的主题。《一个黑人姑娘在歌唱》是诗人1954年到南美访问时创作的，诗中写一个黑人姑娘为别人看管孩子，一边抱着孩子一边唱着催眠歌。诗中写道："一个是那样黑，／黑得像紫檀木；／一个是那样白，／白得像棉絮；／一个多么舒服，／却在不住地哭；／一个多么可怜，／却要唱欢乐的歌。"通过肤色、生活状态的对比，黑人的苦难生活和白人的安逸日子形成了强烈的反差，真实地反映了黑人的悲惨遭际，有力地控诉了种族歧视和人类不平等的可憎现实，表达了诗人对受剥削黑人的同情和对不公道世界的强烈谴责。

另外，复沓的句式在艾青的诗歌里运用也较普遍。复沓又叫复唱，指词语、句式等的回环往复，这种手法的运用源远流长，可以起到突出思想、加重感情、分清层次、加强节奏的效果。比如《向太阳》："太阳照着我们的田野、河流和山峦／照着我们的从很久以来／到处都蠕动着痛苦的灵魂的／田野、河流和山峦……""田野、河流和山峦"重复出现，这种复沓，实际上是含义和情感的扩张。随着修饰词的增加，具体内容的充实，感情一步步地推进，力度也一步步强化。

反复诵读以下诗作，关注诗中所用的修辞手法，体会其表达效果。

篇目	具体诗句	修辞手法	表达效果
《雪落在中国的土地上》			
《播种者》			
《写在彩色纸条上的诗》			
《古罗马的大斗技场》			

帐　篷

哪儿需要我们，
就在哪儿住下，
一个个帐篷，
是我们流动的家；

荒原最早的住户，
野地最早的人家，
我们到了哪儿，
就激起了喧哗；

探索大地的秘密，
要把宝藏开发，
架大桥、修铁路，
盖起高楼大厦；

任凭风吹雨打，
我们爱自己的家，
它是这样锐敏

反映祖国的变化；

换一个工地，
就搬一次家，
带走的是荒凉，
留下的是繁华。

七十年代

鱼化石

动作多么活泼，
精力多么旺盛，
在浪花里跳跃，
在大海里浮沉；

不幸遇到火山爆发，
也可能是地震，
你失去了自由，
被埋进了灰尘；

过了多少亿年，
地质勘探队员，
在岩层里发现你，
依然栩栩如生。

但你是沉默的，
连叹息也没有，
鳞和鳍都完整，

却不能动弹；

你绝对的静止，
对外界毫无反应，
看不见天和水，
听不见浪花的声音。

凝视着一片化石，
傻瓜也得到教训：
离开了运动，
就没有生命。

活着就要斗争，
在斗争中前进，
即使死亡，
能量也要发挥干净。

伞

早晨，我问伞：
“你喜欢太阳晒，
还是喜欢雨淋？”

伞笑了，它说：
“我考虑的不是这些。”

我追问它：
“你考虑些什么？”

伞说：
“我想的是——
雨天，不让大家衣服淋湿；
晴天，我是大家头上的云。”

酒

她是可爱的
具有火的性格
水的外形

她是欢乐的精灵
哪儿有喜庆
就有她光临

她真是会逗
能让你说真话
掏出你的心

她会使你
忘掉痛苦
喜气盈盈

喝吧，为了胜利
喝吧，为了友谊

喝吧，为了爱情

你可要当心
在你高兴的时候
她会偷走你的理性

不要以为她是水
能扑灭你的烦忧
她是倒在火上的油

会使聪明的更聪明
会使愚蠢的更愚蠢

镜　子

仅只是一个平面
却又是深不可测

它最爱真实
决不隐瞒缺点

它忠于寻找它的人
谁都从它发现自己

或是醉后酡颜
或是鬓如霜雪

有人喜欢它
因为自己美

有人躲避它
因为它直率

甚至会有人

恨不得把它打碎

光的赞歌

一

每个人的一生
不论聪明还是愚蠢
不论幸福还是不幸
只要他一离开母体
就睁着眼睛追求光明

世界要是没有光
等于人没有眼睛
航海的没有罗盘
打枪的没有准星
不知道路边有毒蛇
不知道前面有陷阱

世界要是没有光
也就没有杨花飞絮的春天
也就没有百花争妍的夏天

也就没有金果满园的秋天
也就没有大雪纷飞的冬天

世界要是没有光
看不见奔腾不息的江河
看不见连绵千里的森林
看不见容易激动的大海
看不见像老人似的雪山
要是我们什么也看不见
我们对世界还有什么留念

二

只是因为有了光
我们的大千世界
才显得绚丽多彩
人间也显得可爱

光给我们以智慧
光给我们以想象
光给我们以热情
创造出不朽的形象

那些殿堂多么雄伟
里面更是金碧辉煌

那些感人肺腑的诗篇
谁读了能不热泪盈眶

那些最高明的雕刻家
使冰冷的大理石有了体温
那些最出色的画家
描出色授魂与的眼睛

比风更轻的舞蹈
珍珠般圆润的歌声
火的热情、水晶的坚贞
艺术离开光就没有生命

山野的篝火是美的
港湾的灯塔是美的
夏夜的繁星是美的
庆祝胜利的焰火是美的
一切的美都和光在一起

三

这是多么奇妙的物质
没有重量而色如黄金
它可望而不可即
漫游世界而无体形

具有睿智而谦卑
它与美相依为命

诞生于撞击和磨擦
来源于燃烧和消亡的过程
来源于火、来源于电
来源于永远燃烧的太阳

太阳啊，我们最大的光源
它从亿万万里以外的高空
向我们居住的地方输送热量
使我们这里滋长了万物
万物都对它表示景仰
因为它是永不消失的光

真是不可捉摸的物质——
不是固体、不是液体、不是气体
来无踪、去无影、浩渺无边
从不喧嚣、随遇而安
有力量而不剑拔弩张
它是无声的威严

它是伟大的存在
它因富足而能慷慨
胸怀坦荡、性格开朗

只知放射、不求报偿
大公无私、照耀四方

四

但是有人害怕光
有人对光满怀仇恨
因为光所发出的针芒
刺痛了他们自私的眼睛

历史上的所有暴君
各个朝代的奸臣
一切贪婪无厌的人
为了偷窃财富、垄断财富
千方百计想把光监禁
因为光能使人觉醒

凡是压迫人的人
都希望别人无能
无能到了不敢吭声
让他们把自己当做神明

凡是剥削人的人
都希望别人愚蠢
愚蠢到了不会计算

一加一等于几也闹不清

他们要的是奴隶
是会说话的工具
他们只要驯服的牲口
他们害怕有意志的人

他们想把火扑灭
在无边的黑暗里
在岩石所砌的城堡里
永远维持血腥的统治

他们占有权力的宝座
一手是勋章、一手是皮鞭
一边是金钱、一边是锁链
进行着可耻的政治交易
完了就举行妖魔的舞会
和血淋淋的人肉的欢宴

回顾人类的历史
曾经有多少年代
沉浸在苦难的深渊
黑暗凝固得像花岗岩
然而人间也有多少勇士
用头颅去撞开地狱的铁门

光荣属于奋不顾身的人
光荣属于前赴后继的人

暴风雨中的雷声特别响
乌云深处的闪电特别亮
只有通过漫长的黑夜
才能喷涌出火红的太阳

五

愚昧就是黑暗
智慧就是光明
人类从愚昧中过来
那最先去盗取火的人
是最早出现的英雄
他不怕守火的鹫鹰
要啄掉他的眼睛
他也不怕天帝的愤怒
和轰击他的雷霆
于是光不再被垄断
从此光流传到人间

我们告别了刀耕火种
蒸汽机带来了工业革命

从核物理诞生了原子弹
如今像放鸽子似的
放出了地球卫星……
光把我们带进了一个
　　光怪陆离的世界：
X 光，照见了动物的内脏
激光，刺穿优质钢板
光学望远镜，追踪星际物质
电子计算机
　　把我们推向了二十一世纪

然而，比一切都更宝贵的
是我们自己的锐利的目光
是我们先哲的智慧的光
这种光洞察一切、预见一切
可以透过肉体的躯壳
看见人的灵魂

看见一切事物的底蕴
一切事物内在的规律
一切运动中的变化
一切变化中的运动
一切的成长和消亡
就连静静的喜马拉雅山
也在缓慢地继续上升

认识没有地平线
地平线只能存在于停止前进的地方
而认识却永无止境
人类在追踪客观世界中
留下了自己的脚印

实践是认识的阶梯
科学沿着实践前进
在前进的道路上
要砸开一层层的封锁
要挣断一条条的铁链
真理只能从实践中得以永生

六

光从不可估量的高空
俯视着人类历史的长河
我们从周口店到天安门
像滚滚的波涛在翻腾
不知穿过了多少的险滩和暗礁
我们乘坐的是永不沉没的船
从天际投下的光始终照引着我们……

我们从千万次的蒙蔽中觉醒

我们从千万种的愚弄中学得了聪明
统一中有矛盾、前进中有逆转
运动中有阻力、革命中有背叛

甚至光中也有暗
甚至暗中也有光
不少丑恶与无耻
隐藏在光的下面
毒蛇、老鼠、臭虫、蝎子
和许多种类的粉蝶——
她们都是孵化害虫的母亲
我们生活着随时都要警惕
看不见的敌人在窥伺着我们
然而我们的信念
像光一样坚强——
经过了多少浩劫之后
穿过了漫长的黑夜
人类的前途无限光明、永远光明

七

每一个人都是一个生命
人世银河星云中的一粒微尘
每一粒微尘都有自己的能量
无数的微尘汇集成一片光明

每一个人既是独立的
而又互相照耀
在互相照耀中不停地运转
和地球一同在太空中运转
我们在运转中燃烧
我们的生命就是燃烧
我们在自己的时代
应该像节日的焰火
带着欢呼射向高空
然后迸发出璀璨的光

即使我们是一支蜡烛
也应该“蜡炬成灰泪始干”
即使我们只是一根火柴
也要在关键时刻有一次闪耀
即使我们死后尸骨都腐烂了
也要变成磷火在荒野中燃烧

八

作为一个微不足道的人
天文学数字中的一粒微尘
即使生命像露水一样短暂
即使是恒河岸边的一粒细沙
也能反映出比本身更大的光

我也曾经用嘶哑的喉咙歌唱
在不自由的岁月里我歌唱自由
我是被压迫的民族，我歌唱解放
在这个茫茫的世界上
为被凌辱的人们歌唱
为受欺压的人们歌唱
我歌唱抗争，歌唱革命
在黑夜把希望寄托给黎明
在胜利的欢欣中歌唱太阳

我是大火中的一点火星
趁生命之火没有熄灭
我投入火的队伍、光的队伍
把“一”和“无数”融合在一起
为真理而斗争
和在斗争中前进的人民一同前进
我永远歌颂光明
光明是属于人民的
未来是属于人民的
任何财富都是人民的
和光在一起前进
和光在一起胜利
胜利是属于人民的
和人民在一起所向无敌

九

我们的祖先是光荣的
他们为我们开辟了道路
沿途留下了深深的足迹
每一足迹里都有血迹

现在我们正开始新的长征
这个长征不只是二万五千里的路程
我们要逾越的也不只是十万大山
我们要攀登的也不只是千里岷山
我们要夺取的也不只是金沙江、大渡河
我们要抢渡的是更多更险的渡口
我们在攀登中将要遇到
　更大的风雪、更多的冰川……

但是光在召唤我们前进
光在鼓舞我们、激励我们
光给我们送来了新时代的黎明
我们的人民从四面八方高歌猛进

让信心和勇敢伴随着我们
武装我们的是最美好的理想
我们是和最先进的阶级在一起

我们的心胸燃烧着希望
我们前进的道路铺满阳光

让我们的每个日子
　都像飞轮似地旋转起来
让我们的生命发出最大的能量
让我们像从地核里释放出来似的
　　极大地撑开光的翅膀
　　在无限广阔的宇宙中飞翔

让我们以最高的速度飞翔吧
让我们以大无畏的精神飞翔吧
让我们从今天出发飞向明天
让我们把每个日子都当做新的起点

或许有一天，总有一天
我们这个古老的民族
我们最勇敢的阶级
将接受光的邀请
去叩开千万重紧闭的大门
访问我们所有的芳邻

让我们从地球出发
飞向太阳……

一九七八年八月——十二月

盆　景

好像都是古代的遗物
这儿的植物成了矿物
主干是青铜，枝桠是铁丝
连叶子也是铜绿的颜色
在古色古香的庭院
冬不受寒，夏不受热
用紫檀和红木的架子
更显示它们地位的突出

其实它们都是不幸的产物
早已失去了自己的本色
在各式各样的花盆里
受尽了压制和委屈
生长的每个过程
都有铁丝的缠绕和刀剪的折磨
任人摆布，不能自由伸展
一部分发育，一部分萎缩
以不平衡为标准

残缺不全的典型
像一个个佝偻的老人
夸耀的就是怪相畸形
有的挺出了腹部
有的露出了块根
留下几条弯曲的细枝
芝麻大的叶子表示还有青春
像一群饱经战火的伤兵
支撑着一个个残废的生命

但是，所有的花木
都要有自己的天地
根须吸收土壤的营养
枝叶承受雨露和阳光
自由伸展发育正常
在天空下心情舒畅
接受大自然的爱抚
散发出各自的芬芳

如今却一切都颠倒
少的变老、老的变小
为了满足人的好奇
标榜养花人的技巧
柔可绕指而加以歪曲
草木无言而横加斧刀

或许这也是一种艺术

却写尽了对自由的讥嘲

一九七九年二月二十三日　广州参观盆景展览

绿

好像绿色的墨水瓶倒翻了
到处是绿的……

到哪儿去找这么多的绿：
墨绿、浅绿、嫩绿、
翠绿、淡绿、粉绿……
绿得发黑、绿得出奇；

刮的风是绿的，
下的雨是绿的，
流的水是绿的，
阳光也是绿的；

所有的绿集中起来，
挤在一起，
重叠在一起，
静静地交叉在一起。

突然一阵风，

好像舞蹈教练在指挥，

所有的绿就整齐地

　按着节拍飘动在一起……

一九七九年二月二十三日　广东迎宾馆

诗是文字的绘画

读完《绿》，“顿觉眼前生意满”，似乎能体味到诗人兴致勃勃地来到南国海滨之城广州后，内心无限蓬勃的生机与希望。20世纪70年代末，归来的诗人描绘的绿的美丽画卷，是久经酷寒之后华夏大地回春的新绿，是饱受炼狱摧残之后人性、精神重获新生的舒展。

艾青说：“绘画应该是彩色的诗，诗应该是文字的绘画。”作为一个曾是画家的诗人，艾青的诗常与画相通，读懂了他诗中的色彩，也会找到揭示其诗歌奥秘的钥匙。诗人在人世的沧桑和时代的风浪里颠沛流离了半个世纪，生命的颜色几经变化，但“绿”“白”“红”的画面始终是他心中的追求，给他在人世中艰辛跋涉的力量。

诗人擅长在语言的海洋里，精心鉴别、挑选最具色彩的词句，借助色彩将浓郁的情感化为有质感的文字，呈现心底的渴望与期盼，描绘出情景交融的意境。阅读艾青的诗歌，如同鉴赏一幅幅风格各异的画作，不由地进入奇妙的绘画艺术世界：

既有简练而准确的人物速写，如《乞丐》《补衣妇》；也有明晰而生动的素描，如《刈草的孩子》《青色的池沼》；还有娴熟的泼墨写意，如《绿》；另有简洁的版画，如《手推车》《死亡的纪念碑》；更有深沉丰富的油画，如《雪落在中国的土地上》《旷野》《公路》《古罗马的大斗技场》等。诗人选取不同的色彩、色调来状物抒情，或用一种主色调统领全诗，或用对比的颜色揭示主题，或通过色彩的变化书写内心的激情，都给人留下了深刻印象。

留意艾青不同时代诗歌中的色彩，结合诗人的个人经历和时代背景，可以更深地体会到诗人在不同年代的情感变化。

时代	作品	色彩选择	表达的情感
1937 全面抗战爆发	《雪落在中国的土地上》		
	《风陵渡》		
	《北方》		
1941 走向延安	《太阳的话》		
	《给太阳》		
	《风的歌》		
1978 重回诗坛	《绿》		
	《光的赞歌》		

艾青对诗歌绘画美的体现不是偶然。其祖父写一笔好字，其父也擅长书法、绘画。在乔山小学教员启蒙下，艾青对美术产生了极大兴趣。进入金华七中后，他遇到了在国画与篆刻方面有很高造诣的老师张书旂，绘画技艺提高很快。留学法国时，他爱上了色彩强烈、立体感鲜明的印象派画风，马奈、莫奈等画家对艾青后来诗歌色彩的表现产生了极大影响。同时，他还深受象征派诗歌的影响，主张用极富表现力的色彩来暗示微妙的内心世界。艾青独特的生命经历，成就了他与众不同的艺术追求，以及诗歌的独特情感表达。

拣 贝

大海的馈赠
是无穷的

阳光下到处是
俯身可取的欢欣

海滩上的天真
浪花里的笑声

一九七九年三月二日

“神秘果”

——给 G. Y.

这真是天下奇谈：
“吃了神秘果，
再吃黄连也不苦；
吃了神秘果，
再吃什么都是甜的。”

莫非它比黄连更苦？
莫非它比蜂蜜更甜？
莫非它能消灭味觉？
莫非它使我们麻木不仁？

吃了苦的，
才知道有甜的；
吃了甜的，
才知道有苦的；
要是我们不知甜、酸、苦、辣，
活着还有什么滋味？

只有尝尽了悲欢离合，
才知道什么是幸福。

一九七九年三月三日　海南岛

沉　思

为什么……
为什么……

我的头靠着车窗
看着窗外闪过的景色
随着列车前进
脑子里老想着为什么

土地是肥沃的
人是勤劳的
天在下小雨
人还在地里

山和山连绵不断
满山披盖着树木
河水在山谷里奔流
人们安静地等在渡口
放筏的顺流而下

迎着风浪也毫不慌张

看不见沙漠
看不见荒地
绿色的山河
绿色的海洋

土壤是红色的——
掺和着祖先的血?
祖国啊，没有一片土地
不曾经过浴血的战斗

正因为有过痛苦
到处的景色显得格外美——
成片的松树林、
黄的油菜花、绿的茶

一切都静静的
天在下着细雨
从珠江到长江
整个江南在下着细雨

看来今年要丰收
日子可能过得好一些
看来人和大地有了默契

自然和人谁也不辜负谁

土地爱人
人也爱土地

但，我为什么这样不安
人民啊，请告诉我
你还需要什么？
大地啊，请告诉我
你还需要什么？

为什么……
为什么……
我的心还是这般忧郁？

一九七九年三月十七日　沪穗线上

盼　望

一个海员说，
他最喜欢的是起锚所激起的那
一片洁白的浪花……

一个海员说，
最使他高兴的是抛锚所发出的
那一阵铁链的喧哗……

一个盼望出发
一个盼望到达

一九七九年三月　上海

希　望

梦的朋友
幻想的姊妹

原是自己的影子
却老走在你前面

像光一样无形
像风一样不安定

她和你之间
始终有距离

像窗外的飞鸟
像天上的流云

像河边的蝴蝶
既狡猾而美丽

你上去，她就飞
你不理她，她撵你

她永远陪伴你
一直到你终止呼吸

回　声

你躲在峡谷
她站在山崖上

你不理她
她不理你

你喊她，她喊你
你骂她，她骂你

千万不要和她吵嘴
最后一声总是她的

墙

一堵墙，像一把刀
把一个城市切成两半
一半在东方
一半在西方

墙有多高？
有多厚？
有多长？
再高、再厚、再长
也不可能比中国的长城
更高、更厚、更长
它也只是历史的陈迹
民族的创伤
谁也不喜欢这样的墙
三米高算得了什么
五十厘米厚算得了什么
四十五公里长算得了什么
再高一千倍

再厚一千倍
再长一千倍
又怎能阻挡
天上的云彩、风、雨和阳光?

又怎能阻挡
飞鸟的翅膀和夜莺的歌唱?

又怎能阻挡
流动的水和空气?

又怎能阻挡
千百万人的
比风更自由的思想?
比土地更深厚的意志?
比时间更漫长的愿望?

一九七九年五月二十二日　波恩

死亡的纪念碑

这是一个葡萄架？
这是一些藤蔓？
这是一堆废铁？
这是一些破烂？
都不是，都不是
请你仔细看一看

这是一些挂在铁丝网上的尸体
一个个都瘦骨嶙峋
伸出了无援的手
发出了绝望的叫喊
抗议和控诉
像拉响了的汽笛

尖厉地震响在蓝天下
震响在每个人的耳边
这些声音
越过了时间的坚壁

一直通向未来的世纪

永远——永远……

一九七九年五月二十八日

慕尼黑达豪集中营

维也纳的鸽子

早晨，所有的鸽子
都高兴地鼓动着翅膀

维也纳是鸽子的城
在高高的钟楼上
在古老建筑物的窗檐上
在灰色城堡的岗楼上
在十七世纪的教堂——
　皇家的陵墓上
到处都有鸽子鼓动着翅膀……

维也纳的鸽子
从来不怕人
在公园的菩提树下面
在林间小道上

在喷水池边
在旅游者走过的地方

维也纳的鸽子
自由自在地迈着步子
毫不惊慌
维也纳的鸽子
显得多么镇定
显得漠不关心
好像没有听见过枪声
也没有看见过火灾
永远那么安详

维也纳的鸽子是健忘的
它们也曾被打散
逃亡到别的地方
然后又回来
在劫后的废墟上寻找食粮
看着维也纳的鸽子
　踌躇满志的模样
的确给人以梦
给人以幻想

维也纳的鸽子正飞到
　施特劳斯雕像的提琴上
平静地合上了翅膀

维也纳的鸽子

是我们这时代的天平上的

　一颗小小的砝码

维系着千百万人对于和平的愿望

古罗马的大斗技场

也许你曾经看见过
这样的场面——
在一个圆的小瓦罐里
两只蟋蟀在相斗，
双方都鼓动着翅膀
发出一阵阵金属的声响，
张牙舞爪扑向对方
又是扭打、又是冲撞，
经过了持久的较量，
总是有一只更强的
撕断另一只的腿
咬破肚子——直到死亡。

古罗马的大斗技场
也就是这个模样，
大家都可以想象
那一幅壮烈的风光。

古罗马是有名的“七山之城”
在帕拉丁山的东面
在锡利山的北面
在埃斯揆林山的南面
那一片盆地的中间
有一座 —— 可能是
全世界最大的斗技场，
它像圆形的古城堡
远远看去是四层的楼房，
每层都有几十个高大的门窗
里面的圆周是石砌的看台
可以容纳十多万人来观赏。

想当年举行斗技的日子
也许是一个喜庆的日子
这儿比赶庙会还要热闹
古罗马的人穿上节日的盛装
从四面八方都朝向这儿
真是人山人海 —— 全城欢腾
好像庆祝在亚洲和非洲打了胜仗
其实只是来看一场残酷的悲剧
从别人的痛苦激起自己的欢畅。

号声一响
死神上场

当角斗士的都是奴隶
挑选的一个个身强力壮，
他们都是战败国的俘虏
早已妻离子散、家破人亡，
如今被押送到斗技场上
等于执行用不着宣布的死刑
面临着任人宰割的结局
像畜棚里的牲口一样；
相搏斗的彼此无冤无仇
却安排了同一的命运，
都要用无辜的手
去杀死无辜的人；
明知自己必然要死
却把希望寄托在刀尖上；

有时也要和猛兽搏斗
猛兽——不论吃饱了的
还是饥饿的都是可怕的——
它所渴求的是温热的鲜血，
奴隶到这里即使有勇气
也只能是来源于绝望，
因为这儿所需要的不是智慧
而是必须压倒对方的力量；

看那些“打手”多么神气！
他们是角斗场雇用的工役
一个个长的牛头马面
手拿铁棍和皮鞭
（起先还戴着面具
后来连面具也不要了）
他们驱赶着角斗士去厮杀
进行着死亡前的挣扎；
最可怜的是那些蒙面的角斗士
（不知道是哪个游手好闲的
想出如此残忍的坏点子！）
参加角斗的互相看不见
双方都乱挥着短剑寻找敌人
无论进攻和防御都是盲目的——
盲目的死亡、盲目的胜利。

一场角斗结束了
那些“打手”进场
用长钩子钩曳出尸体
和那些血淋淋的肉块
把被戮将死的曳到一旁
拿走武器和其它的什物，
奄奄一息的就把他杀死；
然后用水冲刷污血
使它不留一点痕迹——

这些“打手”受命于人
不直接去杀人
却比刽子手更阴沉。

再看那一层层的看台上
多少万人都在欢欣若狂
那儿是等级森严、层次分明
按照权力大小坐在不同的位置上，
王家贵族一个个悠闲自得
旁边都有陪臣在阿谀奉承；
那些宫妃打扮得花枝招展
与其说她们是来看角斗
不如说到这儿展览自己的青春
好像是天上的星斗光照人间；
有“赫赫战功”的，生活在
奴隶用双手建造的宫殿里
奸淫战败国的妇女；
他们的餐具都沾着血
他们赞赏血腥的气味；
能看人和兽搏斗的
多少都具有兽性——
从流血的游戏中得到快感
从死亡的挣扎中引起笑声，
别人越痛苦，他们越高兴；
（你没有听见那笑声吗？）

最可恨的是那些
用别人的灾难进行投机
从血泊中捞取利润的人，
他们的财富和罪恶一同增长；

斗技场的奴隶越紧张
看台上的人群越兴奋；
厮杀的叫喊越响
越能爆发狂暴的笑声；
看台上是金银首饰在闪光
斗场上是刀叉匕首在闪光；
两者之间相距并不远
却有一堵不能逾越的墙。
这就是古罗马的斗技场
它延续了多少个世纪
谁知道有多少奴隶
在这个圆池里丧生。
神呀，宙斯呀，丘比特呀，耶和华呀
一切所谓“万能的主”呀，都在哪里？
为什么对人间的不幸无动于衷？
风呀，雨呀，雷霆呀，
为什么对罪恶能宽容？

奴隶依然是奴隶
谁在主宰着人间？

谁是这场游戏的主谋？
时间越久，看得越清：
经营斗技场的都是奴隶主
不论是老泰尔克维尼乌斯
还是苏拉、凯撒、奥大维……
都是奴隶主中的奴隶主——
嗜血的猛兽、残暴的君王！

“不要做奴隶！
要做自由人！”
一人号召
万人响应
为了改变自己的命运
就要捣毁万恶的斗技场；
把那些拿别人生命作赌注的人
　钉死在耻辱柱上！
奴隶的领袖
只有从奴隶中产生；
共同的命运
产生共同的思想；
共同的意志
汇成伟大的力量。
一次又一次地举起义旗
斗争的才能因失败而增长
愤怒的队伍像地中海的巨浪

淹没了宫殿，掀翻了凯旋门
冲垮了斗技场，浩浩荡荡
觉醒了的人们誓用鲜血灌溉大地
建造起一个自由劳动的天堂！

如今，古罗马的大斗技场
已成了历史的遗物，像战后的废墟
沉浸在落日的余晖里，像碉堡
不得不引起我疑问和沉思：
它究竟是光荣的纪念，
还是耻辱的标志？
它是夸耀古罗马的豪华，
还是记录野蛮的统治？
它是为了博得廉价的同情，
还是谋求遥远的叹息？

时间太久了
连大理石也要哭泣；
时间太久了
连凯旋门也要低头；
奴隶社会最残忍的一幕已经过去
不义的杀戮已消失在历史的烟雾里
但它却在人类的良心上留下可耻的记忆
而且向我们披示一条真理：
血债迟早都要用血来偿还；

以别人的生命作为赌注的
就不可能得到光彩的下场。

说起来多少有些荒唐——
在当今的世界上
依然有人保留了奴隶主的思想，
他们把全人类都看作奴役的对象
整个地球是一个最大的斗技场。

一九七九年七月　北京

失去的岁月

不像丢失的包袱
可以到失物招领处找得回来，
失去的岁月
甚至不知丢失在什么地方——
有的是零零星星地消失的，
有的丢失了十年二十年，
有的丢失在喧闹的城市，
有的丢失在遥远的荒原，
有的是人潮汹涌的车站，
有的是冷冷清清的小油灯下面；
丢失了的不像是纸片，可以捡起来，
倒更像一碗水泼到地面
被晒干了，看不到一点影子；
时间是流动的液体——
用筛子，用网，都打捞不起；
时间不可能变成固体，
要成了化石就好了，
即使几万年也能在岩层里找见。

时间也像是气体，

像急驰的列车头上冒出的烟！

失去了的岁月好像一个朋友，

断掉了联系，经受了一些苦难，

忽然得到了消息：说他

早已离开了人间

一九七九年八月二十二日　哈尔滨

关于眼睛（两首）

你说眼睛是灵魂的窗子
我说眼睛是灵魂的镜子

你说世界上最美的是眼睛
我说最可怕的也是眼睛

有那么一双眼睛
在没有灯光的夜晚
你和她挨得那么近
突然向你闪光
又突然熄灭了
你一直都记着那一瞬

有那么一双眼睛
深得像一口古井
四周有水草丛生
你只向井里看了一眼
经过多少年

你还记得那古井

有那么一双眼睛
又大又澄碧
蓝天一样纯洁
月光一样宁静
你没有勇气看它
因为你不敢承担
它对你的信任

又一章

灵魂的窗子
秘密的锁孔
从它那儿
可以窥探内心

说谎的眼睛
渴望的眼睛
哀求的眼睛
宽恕的眼睛
爱情的眼睛
梦似的飘忽不定
有时诉说衷情

有时夹着怨恨

欣喜若狂
无限悲伤
都通过眼睛

仇恨在胸中燃烧
眼睛里冒出火星

面对茫茫大海
热切的期待归帆

忍受着熬煎的
是望穿秋水的眼睛

最宁静的时刻
一片落叶
睫毛 —— 窗帘的震动
一次心跳

你从绝望中
滴下泪水
洗涤你的心
沉浸于安静

生命的黄昏来临

然后你把窗户闭紧

一九七九年九月四日早晨

彩色的诗

——读《林风眠画集》

画家和诗人
有共同的眼睛
通过灵魂的窗子
向世界寻求意境

色彩写的诗
光和色的交错
他的每一幅画
给我们以诱人的欢欣

他所倾心的
是日常所见的风景
水草丛生的潮湿地带
明净的倒影，浓重的云层

大自然的歌手
篱笆围住的农舍
有一片蓝色的幽静

远处是远山的灰青

山麓的溪涧和乱石
暮色苍茫中的松林
既粗犷而又苍劲
使画面浓郁而深沉

也有堤柳的嫩绿
也有秋日的橙红
也有荒凉的野渡
也有拉网的渔人

对芦苇有难解的感情
从鹭鸶和芦苇求得和谐
迎风疾飞的秋鹜
从低压的云加强悲郁的气氛

具有慧眼的猫头鹰
抖动翅膀的鱼鹰
从公鸡找到民间剪纸的单纯
从喧闹的小鸟找到儿童画的天真

新的花，新的鸟
新的构思，新的造型
大理花的艳红，向日葵的粉黄

洁白的荷花，绣球花的素净

柠檬嫩黄，苹果青青
樱花林中，小鸟啼鸣
线条中有节奏
色彩中有音韵

凌乱中求统一
参错中求平衡
玻璃的杯子，玻璃的缸
细颈的大瓶，古装的美人

泥色皮肤的少女
在弹奏古筝
如纱的衣裙
柔如梦，轻如云

深刻地观察对象
具备激越的感情
更有装饰画的趣味
力求朴素而又鲜明

坚持自己的风格
最痛恨守旧因循
在技法上不断探索

破除对传统的迷信

从石涛到白石老人
从塞尚到戈庚
不断地扩大视野
具有大无畏的精神

他所给予我们的
是他所最喜爱的
他以忠诚的心
唱出最美的歌声

但是在十年的灾难岁月
他受到“四人帮”的监禁
度过的是寂寞的痛苦
冷酷的迫害和无情的否定

如今已近八十的高龄
终于得到了平反改正
即使在遥远的异邦
对祖国的怀念更深沉

绘画领域中的抒情诗人
抱着最坚定的信心

离开了自由创作

谈不上艺术生命

一九七九年冬　北京

虎斑贝

美丽的虎斑纹
闪灼在你身上
是什么把你磨得这样光
是什么把你擦得这样亮

比最好的瓷器细腻
比洁白的宝石坚硬
像鹅蛋似的椭圆滑润
找不到针尖大的伤痕

在绝望的海底多少年
在万顷波涛中打滚
一身是玉石的盔甲
保护着最易受伤的生命

要不是偶然的海浪把我卷带到沙滩上
我从来没有想到能看见这么美好的阳光

一九七九年十二月十七日晨一时

生命的哲思，精神的启迪

读完《鱼化石》，既领悟到生命的哲理，也深受精神的启迪。

诗人从鱼化石中引出一条令人深思的客观规律："离开了运动，/就没有生命。//活着就要斗争，/在斗争中前进，/即使死亡，/能量也要发挥干净。"同时书写出博大的心胸、矢志不渝的意志。艾青以丧失生命、"对外界毫无反应"的鱼化石作比喻，含蓄深邃地表达了深刻的哲思。

艾青说："启示的语言，以最平凡的外形，蕴蓄着深刻的真理。"《鱼化石》《伞》《酒》《镜子》《盆景》《虎斑贝》……，平常的一石一伞一酒一镜一物一事，或借助隐喻，或运用对比，经过理性之炉的熔炼，在虚实、隐现、情理等转换的契机下，为看似平凡的事物注入深刻的哲理，片言得意，警策世人，既给人以美的享受，又给人以智的启示。

阅读后思考，这些短小凝练的小诗，向我们传达了怎样的哲理？

篇目	蕴含的哲理
《伞》	
《酒》	
《镜子》	

篇目	蕴含的哲理
《盆景》	
《盼望》	

相比于抗战时期，归来的诗人最大的不同，是历经二十余年的苦难后，透出饱经沧桑的豁达。在朴素动人的诗歌里，诗人表现出了独有的平和、丰盈的哲思和丰富的人生况味。

八十年代

花样滑冰

冬季的花朵
寒冷的狂欢

灰白色的平面上
出现完美的形体

最轻盈的姿态
表演最美的舞

用飘动着的点
画出飘动的线

有大的弧线的徐缓
有小的急促的旋转

忽而是旋转中的跳跃
忽而是跳跃中的旋转

无休止地飞翔
从容不迫地盘旋

安详如高空的鹰
轻捷如低飞的燕

力学的梦幻
几何学的迷恋

没有休止符的音乐
没有标点号的诗篇

像流水似的延续
像轮子似的不断

在空中飞跃
四肢如花瓣

比风更自由
青春的礼赞

雪　莲

春风吹不到这儿，
燕子也不会来——
不怕从悬崖摔下来，
才能看见你的光彩；

冰与雪的化身——
洁白、美丽、大方；
没有对你强烈的爱，
闻不到你的芬芳。

给女雕塑家张得蒂

从你的手指流出了头发
像波浪起伏不平
前额留下岁月的艰辛

从你的手指流出了眼睛
有忧伤的眼神
嘴唇抿得紧紧

从你的手指流出了一个我
有我的呼吸
有我的体温

而我却沉默着
或许是不幸
我因你而延长了寿命

我的思念是圆的

我的思念是圆的
八月仲秋的月亮
也是最亮最圆的
无论山多高、海多宽
天涯海角都能看见它
在这样的夜晚
会想起什么？

我的思念是圆的
西瓜苹果都是圆的
团聚的人家是欢乐的
骨肉被分割是痛苦的
思念亲人的人
望着空中的明月
谁能把月饼咽下？

一九八三年中秋

构思与构形

苏轼说："诗画本一律。"艾青曾自述自己写诗"便宜的地方"在于学画时所获得的对形体、对色彩、对调子和距离的经验。20世纪80年代所创作的《花样滑冰》《给女雕塑家张得蒂》《我的思念是圆的》等短诗就体现了诗人对形体敏锐而准确的感受能力，构思精巧，意趣盎然。

《花样滑冰》首先为舞者铺展开了一张灰白色的平面；然后用"飘动着的点"和"飘动的线"在平面上画出舞者轻盈的姿态，线随着动作的徐缓、急促而呈现出大小不一的形态；接着诗人直接用"力学的梦幻 / 几何学的迷恋"一句吐露了构思的妙处；最后，当舞者在空中飞跃时，"四肢如花瓣"一句以花瓣的造型凝固住了舞者那一瞬的姿态和动作。《给女雕塑家张得蒂》用一"流"字捕捉了女雕塑家流畅的动作和塑像的成形过程，波浪一样起伏的头发恰似作者那坎坷的一生，抿得紧紧如"一"一样的嘴唇无声地诉说着忧伤，一弧一线的形状也因之带有了情感的色彩。《我的思念是圆的》的构思则更为新奇，思念是一种无形的心理活动，诗人却化虚为实，赋予其形状，让其承载情感，转托思念。

《艾青诗选》中，像这样以点、线、面为诗中的形象和情感构形的篇章还有很多，整理典型的语句，体味其构形和构思之妙，能够增进我们对艾青诗歌艺术特色的理解，提高我们的审美素养。

篇目	典型诗句	构形之妙	构思之妙
《太阳》	从远古的墓茔 从黑暗的年代 从人类死亡之流的那边 震惊沉睡的山脉 若火轮飞旋于沙丘之上 太阳向我滚来……		
《雪落在中国的土地上》	饥馑的大地 朝向阴暗的天 伸出乞援的 颤抖着的两臂。		
《手推车》	手推车 以单独的轮子 刻画在灰黄土层上的深深的 辙迹 穿过广阔与荒漠 从这一条路 到那一条路 交织着 北国人民的悲哀		
《火把》	火把愈来愈多了 愈来愈多了　愈来愈多了 火把已排成发光的队伍了 火把已流成红光的河流了		

重读关键词

有人称艾青是“屈原时代留下来的大诗人”。低吟着那些充满忧患意识与赤子之心的诗篇，我们依然能触摸到诗中那颗鲜活的跳动的心，也能清晰地听到自己沸腾的血液激情奔流的声响，这是经典重读的意义。初读时我们看到了艾青笔下的土地与太阳、热血与火把，再读时我们已和诗人肩并肩地看见世界、思考世界、高歌世界。捡拾重读时的感动，追随艾青的脚步，能让我们更敏锐地感受时代的脉搏，更深沉地蓄积高歌时代的激情。

重读不是走马观花地浏览，也不是浮光掠影地撷取，而是在时代语境下，采用集中、关联、对比等方式在文本中掘金的历程。《艾青诗选》的重读可以围绕以下四个关键词展开。

关键词一：知人识论

艾青的诗歌具有杜甫“诗史”的气质，正如诗人自己所言：“最伟大的诗人，永远是他所生活的时代的最真实的代言人。”阅读艾青的传记和相关著述，是破除时间壁障，走进诗人生命轨迹的重要路径。

艾青的传记可分为自传和他传。自传部分可重点阅读其20世纪40年代所写的《我怎样写诗的》、80年代所写的《与青年诗人谈诗》等篇目，内中详细介绍了自己写诗的习惯和缘由、所受的影响、所用的语言等。他传部分可以参考徐刚《艾青传——诗坛圣火》、周红兴《艾青的跋涉》、骆寒超和骆蔓《时代的吹号者——艾青传》、高瑛《我和艾青的故事》等。这些传记的笔调或充满崇敬，或严谨平实，或情意绵绵，全景展现了艾青在各个年代的生活经历、创作过程、精神风貌、美学追寻、思想变迁。

此外，艾青在20世纪30年代所写的《诗论》和《诗人论》是研究其诗体、诗情生成机制的必读篇目。《诗论》和《诗人论》写法新异，化烦冗为箴言，化枯燥为灵动，用诗一般精练、形象的语言阐述了“真、善、美”相统一的美学观，科学揭示了诗歌作为艺术的本质特征，阐述了诗人的社会责任和历史使命。

关键词二：以象表意

诗人以形象思考着世界，理解着世界，说明着世界。艾青被称为“芦笛诗人”“土地的歌者”“太阳与火把的歌手”，就在于他善于将捕捉到的带给他心灵震撼的感受转化为意象的写作功底。

初读时，我们了解了“土地”“太阳”等核心意象所生发出的意境和情感。重读时，我们可以有意识地聚合包含同类意象的诗篇，梳理核心意象衍生出的“子意象”，考察艾青诗中意象世界的整体结构，生成更为丰富、完整、深刻的认识。重读时，也可以进一步深入诗歌语言的肌理，探究意象与场景、意象与形象、意象与形式、意象与韵律的关系。比如再读《大堰河——我的保姆》时，可以从意象选择与组合的角度分析“大堰河”这一被凌侮、被奴役的底层农妇形象，可以从意象铺排所营造的语势角度分析“艾青体”新诗分行与断句的特点，可以从意象的修饰用词的角度分析诗歌的情感基调。此外，我们还可以搜集古今中外以“土地”“太阳”等核心意象为吟咏对象的诗篇，进一步探究相关意象的内涵，增进对艾青诗歌的理解和认识。

关键词三：以画解诗

“画家和诗人／有共同的眼睛／通过灵魂的窗子／向世界寻求意

境”，“以画解诗”是走入《艾青诗选》艺术殿堂的重要路径。初读时，我们了解了艾青诗歌里的色彩、构形等内容；重读诗篇时，要更为具体、全面、综合地从色彩、距离、造型、构图等因素分析诗歌的视觉形象，领略艾青诗歌的艺术魅力。

例如，我们要更为具体地把握艾青诗篇里的流光溢彩：色彩有浓淡，如“墨绿、浅绿”“翠绿、淡绿”；色彩有交融，如“紫蓝的林子”“青灰的山坡”；色彩有对比，如“透明的夜”；色彩有重叠，如“乌黑的酱碗放到乌黑的桌子上”；色彩有质地，如“泥黑的温柔的脸颜”“贝壳般的云朵”；色彩有温度，如“红热的奔流着的朝霞”；色彩有情感，如“悲惨的灰白”“土色的忧郁”“喷涌出火红的太阳”。再如，我们要更为深刻地理解艾青诗篇里的造型艺术：“风，/像一个太悲哀了的老妇，/紧紧地跟随着/伸出寒冷的指爪/拉扯着行人的衣襟”，这一悲哀老妇的形象里蕴含着多少阴寒与辛酸；“饥馑的大地/朝向阴暗的天/伸出乞援的/颤抖着的两臂”，这一饥饿乞援的形象里暗示出多少沉痛与怜悯；“于是我的心胸/被火焰之手撕开/陈腐的灵魂/搁弃在河畔”，这一诗人“再生”的形象里隐藏着多少决绝与悲壮。

此外，我们还可以通过绘画因素的发掘，激起联想与想象，还原诗歌的意境，走入艾青诗歌的艺术世界。

关键词四：新诗研究

中国新诗发端于五四新文学革命，新诗运动“是一次对于中国传统诗学质疑最为深切，反抗最为彻底的一次诗歌革命”，作为“中国自由体传统发展到四十年代的集大成者”，艾青是中国新诗发展历史的重要见证者和参与者。从新诗发展史的高度审视《艾青诗选》，有助于我们进一步把握艾青诗歌的特色、地位和价值。

纵向上，我们可以关注专家学者的著述，比如谢冕等著的《百年中国新诗史略》、孙玉石的《新诗十讲》等，以选择性阅读的方式大致了解新诗发展过程中的重要事件，重要诗人艺术特征，重要社团、流派、刊物等内容，明确艾青其人其诗在其中的位置。横向上，我们可以聚焦一个年代，将艾青和同时期的其他诗人进行对比，比如，可以将20世纪30年代的艾青作品与戴望舒、臧克家、卞之琳等人的作品进行对比阅读，在寻同求异中观览时代风貌，把握艾青诗歌的独特气质。

阅读链接

我的创作生涯

艾　青

一

我诞生于一九一〇年三月二十七日。是满清王朝末年，辛亥革命前一年。

我念小学的时候，爆发了一九一九年的“五四”运动——由爱国主义开始，到科学与民主的启蒙运动。马克思主义传播到中国。

我少年时酷爱绘画。

我念初级中学时，受民主思想的冲击，和同学一起上街游行，喊口号，砸烂卖仇货的商店，捣毁“禁烟督察署”——公开卖鸦片烟的地方。

一九二八年中学毕业那一年，北伐军路过金华县城，我们到郊外去迎接，在操场上举行军民联欢会。不久，革命被出卖了，学生领袖被砍头，轰轰烈烈的运动被镇压下去了。

一九二八年夏天，我考入杭州的国立西湖艺术院绘画系，念了不满一个学期，院长看了我的画，说了两句关键的话：“你在这里学不到什么，到外国去吧。”

一九二九年春天，我就随同几个同学怀着浪漫主义的思想，像从家里逃跑似的，到法国巴黎去了。

最初家里还可以接济，不久就断了支援。我在一家中国漆的作坊找到工作。有时工作半天，就到蒙巴纳斯一家画室画素描，而我早已爱上后期印象派的画家们了，看不起“学院派”的绘画。

我曾经说：“我在巴黎度过了精神上自由，物质上贫困的三年。”但是我亦没有饿过肚子。我阅读了一些批判现实主义的作品，也读了些哲学书籍，文学读得比较多的是诗。我就像水上漂浮的草随波逐流。

一九三一年九月十八日，日本侵略军轻而易举地占领我国东北的土地——民族危机一天天地深重了。

在巴黎，我参加了反帝大同盟的一次集会，我的第一首诗《会合》就是这次集会的记录。

一天，我在巴黎近郊写生，一个喝醉了的法国人走过来，向我大声嚷嚷：“中国人！国家快亡了，你还在这儿画画！”一句话，好像在我的脸上打了一个耳光。

一九三二年初，我因家里几乎断了接济，准备回国，而日本侵略军进攻上海，激起我国军民的抵抗——一月二十八日正是上海爆发战争的日子，也是我从马赛上船的日子，经过一个月零四天的时间，到上海，战争已经结束。国民党和日本签订了“淞沪停战协定”——妥协投降了。当我看到闸北一带的断墙残壁时，我几乎要哭了。

我沮丧地回到家乡，住不到一个月就出来，在杭州遇到一个同学，他说上海有一个中国左翼美术家联盟。五月到上海我就参加了，和几个美术青年办了一个“春地画会”，六月在八仙桥举行一次展览会；七月十二日晚上，正在楼上念世界语的时候，突然上来几个法租界巡捕房的密探，把我和十二个美术青年一同逮捕，经过审讯，十一个都释放，我和那个同学关起来。从此，我与绘画绝了缘，就在狱中写诗。

我写了一首《芦笛》，前面引了现代派诗人阿波里内尔的话：

当年我有一支芦笛，
拿法国大元帅的节杖我也不换。

我把芦笛象征艺术，把元帅节杖象征不正的权力；诗里骂了法国的白里安，骂了德国的俾斯麦；而且说我将像一七八九年似的向巴士底狱伸进我的手去，而这个巴士底狱不是巴黎的巴士底狱。

这样的一首诗，不知道是监狱方面看不懂，还是他们根本不看诗，就寄出去发表在《现代》上。

每当不眠之夜，借铁栅栏外的灯光，我在拍纸簿上写诗，有时把两句叠在一起了，等天亮把它们拆开重抄。这些诗，署上莪伽的笔名，通过探监的人带出去发表。

一九三三年初，一个下雪的日子，我从碗口大的窗户看着雪，想起了我的保姆，我写了《大堰河——我的保姆》。为了避免监狱方面的注意，我改用了一个笔名，由律师带给一个朋友，由那个朋友转给《春光》发表。

这是我第一次用了新的笔名：艾青。

我在狱中关了三年零三个月，出狱回家。

有一次，在赶集的路上，我的父亲说："你写的那也是诗吗？——听说你写诗还出了名。"他不以为我写的是诗，他认为诗只能是五个字一句或七个字一句的。但他也知道他已不能干预我写诗了。

一九三六年上半年，我在常州武进女子师范教了一个学期的书，又失业了。

我在上海的亭子间里继续写诗。

一首《春》，写的是一九三一年国民党在龙华枪杀五个革命作家的——记忆。最后问：

人问：春从何处来？
我说：来自郊外的墓窟。

另一首《煤的对话》，最后问：

你已死在过深的怨愤里了么？

死？不，不，我还活着——
请给我以火，给我以火！

我把从一九三二年开始到一九三六年写的诗，选了九首，自费出版了第一本诗集《大堰河》，想不到引起评论界的注意，后来终于由巴金收进文化生活出版社出版了。

一九三七年七月七日，抗日战争爆发。前一天，七月六日，我在沪杭路上写了一首《复活的土地》。诗的第四段里，我写：

就在此刻，
你——悲哀的诗人呀，
也应该拂去往日的忧郁，
让希望苏醒在你自己的
久久负伤着的心里……

渴望已久的抗日战争真的来了。十月，我从杭州到金华，由金华满怀兴奋地到武汉。

十二月二十八日晚上，我写了《雪落在中国的土地上》。这首诗，我是以悲哀的心情写的，因为在战争到了危险的时候，国民党内投降派又主张和谈了。

在这首诗中我写了我自己：

——躺在时间的河流上
苦难的浪涛
曾经几次把我吞没而又卷起——
流浪与监禁
已失去了我的青春的
最可贵的日子……

从我十九岁到二十五岁，是在流浪与监禁中度过的。这个年龄正是最可贵的。

诗的最后，我写：

中国
我的在没有灯光的晚上
所写的无力的诗句
能给你些许的温暖么？

第二天，纷纷扬扬地下起了大雪。我对一个朋友说："今天这场雪是为我下的。"这个朋友说："你这个人自我中心太厉害了，连天都听你指挥的。”他不知道，人是有预感的。

一九三八年，我从武汉到山西临汾，一路上写了《手推车》《乞丐》《补衣妇》等短诗和长诗《北方》。临汾吃紧，我从陕西到武汉，写了长诗《向太阳》；我又从武汉到桂林，写了一些短诗和长诗《吹号者》《他死在第二次》。

从一九三八年到一九三九年，我写了一些论文：《诗与宣传》《诗与时代》《诗的散文美》以及《诗论》和《诗人论》。

一九四〇年初，我在湘南新宁衡山乡村师范教了半年书；写了些短诗和长诗《火把》。下半年，从湘南到重庆，认识了周恩来同志。记得第一次是在北碚会面的。

一九四一年初，发生“皖南事变”——新四军往北撤移的时候，受到国民党部队突然袭击。

重庆笼罩着恐怖，我的身后有特务钉梢。

我由周恩来同志帮助，和几个人化装为国民党的官僚，一路上经过四十七次的岗哨检查，终于安然到达延安。

七月的一个晚上会见了毛泽东同志。

我根据一个年轻记者的叙述，写了一匹马的故事《雪里钻》。

一九四二年三月我为《解放日报》的《文艺》百期纪念写了《了解作家、尊重作家》一文。

五月，我参加以毛泽东同志的名义召开的“延安文艺座谈会”。从此，我写了一些比较大众化的作品，歌颂了工农劳动模范。我也写了长诗《我的父亲》，这是作为刻画一个典型写的。这时，听说我的父亲已去世，随之不久，母亲也去世了。我写了《献给乡村的诗》。

我曾随一个运盐队到三边——靖边、安边、定边。收集了定边的一个土地革命的材料，想写长诗《白家寨子》，但是，等我从三边回来，延安开始了“一场不流血的战争”—— 接连三年的整风运动，为了打败日本侵略者和国民党反动派打下了思想基础。

一九四五年八月，经过了八年的浴血抗战，日本宣布无条件投降。中国人民胜利了。

九月我随同一个文艺工作团到张家口，这是在关内解放的第一个大城市，我写了《人民的城》。

我当了华北联合大学文艺学院副院长。这是我做行政工作最长的时间，除了组诗《布谷鸟集》之外，我很少写诗。由此可见，写诗与行政工作是有抵触的。

一九四九年一月北京解放，我又一度回到美术工作上来 —— 作为军代表，接管中央美术学院。但是，为时不久，我又回到文艺界工作。

一九五〇年秋天，我到苏联访问了四个月，写了组诗《宝石的红星》，居多的是浮泛的颂词。

这一年由开明书店出版了我的第一个选集《艾青选集》。

一九五三年回到离别了十六年的家乡，住了一个星期，我家的旧房子被日本人烧了，现在的房子是新盖的。写了长诗《双尖山》和另一首写浙东游击战争的叙事长诗《藏枪记》。这首诗我以不很熟练的民歌体写的，是我写作中的一次失败。

一九五四年七月，受智利众议院议长的邀请，经欧洲到南美洲。在巴西写了《一个黑人姑娘在歌唱》；在智利写了《礁石》《在智利的纸烟盒上》，又写了长诗《大西洋》《在智利的海岬上》。

从南美洲回来，访问了舟山群岛，根据民间故事写了叙事长诗《黑鳗》。

一九五七年四月，我到上海收集大量材料，想写帝国主义对中国的经济侵略，未成，五月返回北京，因接智利聂鲁达、巴西亚马多到昆明，由昆明飞往重庆，由重庆坐轮船顺流而下。写了《长江行》。

不久，一次大规模的运动开始了。

二

在众所周知的情况下，我被划为“右派”。我成了痰盂。一切谩骂都是判决。

我必须到新的环境里接受改造。我得到一个将军的帮助，到东北黑龙江的北大荒国营农场生活了一年半，又调到西北新疆生产建设兵团锻炼。

我沉默了二十一年之久，最初的一段时间，我生活得还很平静。一九六七年，“文化大革命”中，我家首先被冲击，许多稿件被抄走，其中有《长江行》以及写上海的《外滩》、写北大荒的《踏破荒原千里雪》《蛤蟆通河上的朝霞》以及在新疆写的大量的诗。许多重要的信件、资料也遗失了。从“低头认罪，打翻在地，踩上一只脚，永世不得翻身”，“三忠于”、“四无限”，游斗，示众，一直闹到一九七一年九月，林彪叛国潜逃丧命之后，我才算松了口气。我被允许到师医院看病，才知道我的右眼已经完全失明了。

一九七三年我被批准到北京治眼疾。

一九七五年，我再次到北京治眼疾。一九七六年十月，作恶多端的江青反革命集团垮台了，万民同庆。

又经过约两年的时间，有人鼓励我重操旧业——写诗。上海《文汇报》终于发表了我的一首诗《红旗》；随之又发表了《鱼化石》。读者才知道我依然还活着。

一九七八年十一月，我写了长诗《在浪尖上》。

同年十二月，我完成了长诗《光的赞歌》。

一九七九年二月至三月，我随一个访问团到海南岛、湛江、广州、上海。

我在政治上得到平反，恢复名誉，恢复党籍。我随中国人民对外友协代表团，访问欧洲三国。

在西德，我访问了法兰克福、汉堡、特里尔、哥廷根、慕尼黑、波恩…… 在访问西柏林时，我写了一首《墙》—— 柏林墙。

奥地利维也纳是我在一九五四年到南美洲时曾经路过，而且住过几天的地方，那时我把它形容为患了风湿症的妇人；而现在，经过了二十六年之后，她变得像欢乐的少女，容光焕发了。我还访问了林茨、萨尔斯堡、巴登。

在意大利我访问了都灵、热那亚、米兰、威尼斯、罗马。我写了长诗《古罗马的大斗技场》。

我在新疆农场时，曾读了一点历史，对古罗马多少有一点了解。在《古罗马的大斗技场》里有一段写蒙面斗士的，影射“文化大革命”中互相冲杀着的人被蒙上眼睛，胜利是盲目的，失败也是盲目的。

一九八〇年六月，我受法国波里尼亚克基金会和巴黎第三大学的邀请，参加“抗日战争时期的中国文学”国际会议。我写了《中国新诗六十年》。

我和巴黎已阔别四十八年之久，我曾住过的玫瑰村已经不见了，经过了第二次世界大战，连街道也改变了，都是新盖的房子；我到拉丁区去找我住过的旅馆，旅馆还在，但门面焕然一新了。

有人问我：“你离开巴黎这么久了，你看它有什么变化？”我说：“凯旋门，巴黎圣母院，铁塔依然如故；但是，十三区盖了许多高层建筑；还有戴高乐国际机场，蓬皮杜文化中心，高速公路，汽车也增多了；街上有很多穿喇叭裤、戴黑眼镜、骑摩托车的青年男女。巴黎大变了。”

访问了尼斯、戛纳、蒙地卡罗；写了《巴黎及其他》组诗。

从尼斯飞罗马，我第二次到意大利。

同年九月，受爱荷华国际写作中心主持人聂华苓的邀请，在美国四个月。到得梅因、芝加哥、费城、纽约、华盛顿、波士顿、印地安那、旧金山、洛杉矶等地访问，我也写了一些诗。回来路经香港写了《香港，香港》。

一九八一年，我写了长诗《面向海洋》和纪念周总理的长诗《清明时节雨纷纷》。

一九八二年四月，应邀参加在日本举行的联合国教科文组织主持的亚洲作家会议。讨论“民族文化与民族特性”，我在会上发了言，中心思想是：“茶叶和咖啡当然可以并存；鸦片与大麻则必须禁止；科学与迷信应该区别。”

会议在东京、京都举行；还访问了奈良。

五月，杭州为纪念我创作五十周年举办学术讨论会，我趁此机会回到家乡去，见了我的保姆大堰河的第二个儿子蒋正银——大堰河有五个儿女，死了四个，正银是篾工，比我大五六岁。

一九八三年一月，我被邀请参加新加坡的“国际华文文学营”会议。

一九八三年一月号的《十月》杂志上发表了我的长诗《四海之内皆兄弟》。

老实说，经过了多少年的动荡不安之后，我的心情是极平静的。正如我一九七九年十二月写的《虎斑贝》里写的：

要不是偶然的海浪把我卷带到沙滩上
我从来没有想到能看见这么美好的阳光

我是乐观的，也是达观的。

一辈子不知道摔过多少跤。

摔倒了自己爬起来，拍拍身上的灰土就完了。

我即使一边流血，一边也还笑着——

一九五四年七月二十五日，我在智利海边看着礁石，我写了：

一个浪，一个浪，
无休止地扑过来，
每一个浪都在它脚下
被打成碎沫、散开……

它的脸上和身上
像刀砍过的一样
但它依然站在那里
含着微笑，看着海洋……

许多比我年轻的死在我前面了，我却还活着。要是在七八年前死了和死了一条狗没有什么两样。

从一九三二年发表《会合》开始，到今天已度过半个多世纪了。这就是我的创作生涯。有时，真像穿过一条漫长、黑暗而又潮湿的隧道，自己也不知道能不能活着过来，现在总算过来了。

一九八三年初夏

在巴黎时，我读到了叶遂宁的《一个无赖汉的忏悔》，白洛克的《十二个》，马雅可夫斯基的《穿裤子的云》，也读了兰波、阿波里内尔、桑特拉司等诗人的诗篇。

我很孤独。而我的心却被更丰富的世界惊醒了。我对生活，对人世都很倔强地思考着，紧随着我的思考，我在我的画本和速写簿上记下了我的生活的警句——这些警句，产生于一个纯真的灵魂之对于世界提出责难的时候，应该是最纯真的诗的语言。

这些警句的性质，它们包括了对于资本主义世界所显露的一切矛盾：恋爱、政治、经济、文化、艺术……的矛盾以及对于革命的呼喊。

××××××××××××××××××，×××，××××××××××××××××。××××××××××××××××——

××××××××××××……

××××××××××××××

××××××

××××××××××

×××，×××……

××××，××××……

××××

××××

××××

××××

这是《透明的夜》的前身。但在写《透明的夜》时，已领受了现实的严酷的教训，所以不再有空想了。

当这首诗写好之后，我曾给好几位画画的朋友看过。我曾问过一个朋友："依你看，我的诗写得好些呢？还是我的画画得好些呢？"他说："你的诗写得好些。"不管这朋友说这话时的诚意到达了什么程度，这话对于我的艺术生涯上起了可怕的作用。

我撇开了已学了五六年的绘画，写起诗来了。

以后，我就一直为了发掘人类的不幸，为了警醒人类的良心，而寻觅着语言，剔选着语言，创造着语言。

而且，我也为这事业受过苦难，还在受着苦难，而且将继续地受着苦难。

三、我所受的影响

一般地说，我是比较欢喜近代的诗人们的作品的。

我最不欢喜浪漫主义的诗人们的作品。雨果的，谢尼哀的，拜伦的那些大部分，把情感完全表露在文字上的作品，我常常是没有耐心看完的。

歌德的自满的态度和他的说教的态度，我不欢喜。虽然他是一个巨匠。

我欢喜莎士比亚，《哈孟雷特》我是再三地阅读着的。《仲夏夜之梦》里的幻想太奢侈了。

莎士比亚的联想的丰富，生活的哲学的渊溥，智慧光芒的闪炯，充满机智的语言，天才的戏谑……我没有在他以后的诗人中发现过。

凡尔哈仑是我所热爱的。他的诗，辉耀着对于近代的社会的丰富的知识，和一个近代人的明澈的理智与比一切时代更强烈更复杂的情感。

我欢喜兰波和叶遂宁的天真——而后者的那种属于一个农民的对于土地的爱，我是永远感到亲切的。

关于马雅可夫斯基，我只欢喜他的《穿裤子的云》这一长诗。他的其他的诗，常常由于铺张而显露了思想的架空。

四、我所采用的语言

批评家们说我的诗知识分子的气味太浓，他们的话所含的暗示我知道。事实上，没有一个作者不被他的教养和出身的环境所限制了的，而每个作者的进步过程就是他逐渐摆脱他的限制的过程。我是一个从来也不敢停止努力的人。我在继续不断地摆脱我出身的环境所加给我的限制。

我常常努力着使我的诗里尽量地采取口语。

我以为诗始终应该是诗。无论用文言写也好，用国语写也好，用大众语和地方语写也好，总必须写出来是诗。这意思就是：那所采用的语言必须能充分地表达了作者对于现实生活所引起的思想情感；必须在精炼的、简约的、明确的文字里面，包含着丰富的生活面貌、生活的智慧、生活的气息、生活的真理。

我常常在决定题材的采取同时决定语言的采取。我的语言是常常和因题材所决定的表现手法而变更的。

避免用纯粹文章气的句子写，避免用陈腐的滥调写，是每个诗人所应该努力的义务。但和这同时，每个诗人必须要对自己所采用的语言加以严格的选择。诗与散文在体裁上的分歧点，是在语言的气氛，语言的格调，语言的构造，和语言的简约与精炼的程度差别上开始的。

我常常避免用生涩的字眼和语句。我在诗里所花的努力之一，是在调整字与字之间的关系，调整语句与语句之间的关系。

当我不得已而采用一些现成的词汇的时候，我是每次都感到恶心的。但是为了那些现成的词汇比自己所创造出来的更自然，更完全地表达了思想情感，我又不得不袭用了它们。

但我确是如一些批评者所说，在同时代的诗人里面，比较的欢喜努力着创造新的词汇的人。我最嫌恶一个诗人沿用一些陈腐的滥调来写诗。我以为诗人应该比散文家更花一些工夫在创造新的词汇上。我们应该把“语言的创造者”作为“诗人”的同义语。

这是一定的：诗人在他对于新的词汇的创造的努力中，他加深了自己对于事物的观察；诗人也只有在他对于事物有了更深刻的理解的时候，他才能创造了新的词汇，新的语言。

新的词汇，新的语言，产生在诗人对于世界有了新的感受和新的发现的时候。

有人说过：“第一个说女人的脸像桃花的人是天才，第二个说女人的脸像桃花的人是蠢材。”原因就是第二个人他对世界没有新的发现。

假如我们没有把文字重新配置，重新组织，没有把语句重新构造，重新排列；假如我们没有以自己的努力去重新发现世界，发现事物与事物的关系，人与事物的关系，人与人的关系，我们就没有必要去制造一首诗。

大胆地变化，大胆地把字解散开来，又重新拼拢，重新凝固起来。

在人家还没有开始的地方开始起来，在人家还没有完成的地方去完成它。

而语言的应该遵守的最高的规律是：纯朴，自然，和谐，简约与明确。

五、形象的产生

一首没有形象的诗！这是说不通的话。

诗没有形象就是花没有光彩、水分与形状，人没有血与肉，一个失去了生命的僵死的形体。

诗人是以形象思考着世界，理解着世界，并且说明着世界的。形象产生于我们的对于事物的概括力的准确和联想力与想象力的丰富。

每天洗涤自己的感觉，从感觉里摄取制造形象的素材。

从物与物的比拟里，去分别他们间的类似和差别的程度。再把类似的东西组成一个新的程序。

努力把握物体所存在的地位和周围的关系，人与社会之间的关系，事件与时间之间的关系。

诗人的脑子必须有丰富的储藏：无数的鲜活的形体和它们的静止与活动；无数的光与色彩的变化；无数的坚硬与柔软；无数的温暖与寒冷；无数的愉快与不愉快的感觉。

只有储藏丰富了之后，所产生出来的形象才是自然的，生动的。

我常常唤醒自己的联想和想象。我常常从这一物体联想到和它类似的所有物体，从这一感觉唤醒和它类似的所有的感觉；我常常从我已有的经验里去组织一些想象。

联想和想象应该是从感觉到形象的必经的过程。没有丰富的联想和想象，是不可能有丰富的形象的。

当然，丰富的联想和丰富的想象，只有从丰富的生活经验里才能获得。